AF489586

LA TIERRA QUE LA VIO NACER

Jacqueline Hernández Medina

EDIQUID

PRÓLOGO

Desde que somos niños, e incluso desde antes de nacer, nuestra memoria, nuestra alma o como quiera que se llame lo que nos hace seres conscientes, se ve influenciada y marcada por historias, por sucesos que nos hacen ser quienes somos. Forman nuestro carácter, fortalezas, debilidades y también siembran inquietudes y anhelos, preferencias de las que muchas veces no tenemos claro su origen, ya que usualmente difieren en absoluto de nuestro entorno o de lo que hacemos en forma habitual.

No obstante, hay algunas que tienen un claro origen, que se transforman en desafíos que postergamos de manera permanente hasta que llega el momento: ese que cada uno sabe cuándo llega, que por algún motivo no fue antes ni después, simplemente es aquel en el que se evidencian las motivaciones y están ahí, solo hay que darle gusto a esa inquietud y dejarla fluir.

Así es como se gestó el libro que tienen entre sus manos, en un momento que no tuvo nada de especial. No fue a la orilla de un río, ni en una madrugada contemplando las estrellas, ni nada que pueda ser considerado inspirador. Ese momento se dio en la fila de un banco esperando mi turno para ser atendida.

De pronto surgió la necesidad de derramar en la hoja de un cuaderno todos los recuerdos de aquellos relatos contados una y otra vez por la misma protagonista de esta historia: Melania.

Desde muy pequeña fui la atenta oyente de las largas narraciones que mi madre me contaba, con tanta emoción y con lágrimas que se asomaban cada vez que mencionaba a su «Taita», o que recordaba, con minucioso detalle, los episodios que marcaron su vida, tanto por la felicidad como por la más profunda tristeza y dolor. En esos momentos, las imágenes de paisajes, personajes y lugares venían a mi mente, poniendo a su narradora como la gran protagonista y heroína, esperando siempre el final de cuento de hadas que nunca se produjo.

En efecto, mi inocencia de niña no me permitía ver que ese aparente cuento era la más absoluta verdad, la vida misma. No había príncipes, ni hadas, solo personas reales y sentimientos verdaderos, por lo que el final feliz nunca llegó como lo esperaba. Todo concluía en una nueva experiencia, en una enseñanza, la que era evidenciada como una lección por Melania, quien esperaba que cada historia me sirviera en la vida, como guía, como una forma de enfrentar lo que podría venir con los años.

Ya más grande, las mismas historias cobraban un sentido diferente. Si bien seguían igual de entretenidas, comprendí a través de ellas que eran dignas de ser contadas e inmortalizadas. Toda esta experiencia no podía acabar con la existencia de mi madre. Debían trascender. Cada palabra y cada frase quedaron grabadas, creciendo en mí la necesidad y casi el deber de compartir la experiencia que viví al escucharlas, que marcaron mi vida, comparando constantemente mis historias con las de ella, preguntándome siempre: ¿Qué haría mi madre en mi lugar?

Al iniciar este libro, y en la medida en que avanzaba en él, iba descubriendo todo el legado que recibí, motivándome a plasmarlo en esta humilde obra literaria a través de la cual comparto no solo la historia de su protagonista, sino también historias paralelas, costumbres, tradiciones y forma de vida de la gente campesina chilena de mediados del siglo XX. Pude conocer, de primera fuente, la necesidad y el anhelo de estas simples, pero valiosas personas, por forjarse un futuro diferente, lejos de su campo en la capital, con la convicción de que en Santiago podrían conseguirlo, solo que al llegar se encontraban con la triste realidad de abusos, sueldos miserables y sin contar con ninguna protección. Simplemente eran considerados ciudadanos de segunda, cuyos únicos derechos eran trabajar, comer y tener un techo donde vivir.

No obstante, también pude comprender que, a pesar de la adversidad, cada uno es dueño de su destino, de sus decisiones y de que el sufrimiento te puede convertir en una permanente víctima o en una fortaleza, capaz de forjarse las veces que sean necesarias, si el fin es lograr sueños y derribar barreras.

La lucha constante, aprender del dolor, la humildad y la lealtad, ha sido el principal legado que me fue entregado a través de estas historias, narradas con tanta pasión y amor, durante toda mi vida, hasta hoy.

Comprendo que el lector no la sentirá ni imaginará de la misma forma que yo, pero en cada palabra puse todo el esfuerzo y dedicación para lograr transmitir de la forma más fidedigna posible las sensaciones y emociones que experimenté al escuchar las emocionadas palabras de mi madre, cada vez que hablaba de su vida. Espero poder transmitir toda la riqueza humana y toda la sabiduría que se entrega a través de una humilde mujer de campo, sin ambiciones, pero con la riqueza más grande que se pueda conseguir: ser un ejemplo de vida y dejar un legado de amor y entrega sin límites.

CAPÍTULO 1

NACE UNA FORTALEZA

Creo sinceramente que una biografía no es algo que la gente suela tener como prioridad entre sus lecturas, a menos que sea para contar una historia de un personaje famoso o de interés popular. Creo que contar una historia desde un punto de vista social, respecto a las cosas que suceden a diario, aunque tal vez no con tanta frecuencia en el siglo XXI, pero que refleje historias, vivencias, sentimientos y sufrimientos de personas reales, humildes, comunes y corrientes, como tú o como aquel campesino que ama su tierra, pero que debe dejarla para buscar destinos «mejores», son aspectos que pueden acercar al lector a un mundo, a una historia más real, sin esperar finales felices, solo dejarse llevar por la misma historia y por la identidad que pueda encontrar en las líneas de un libro.

Tal es el caso de esta narración, que busca revivir a través de estas letras la historia de una mujer, una más entre tantas que luchan, que buscan, que sueñan con hacer de su vida algo solo digno, solo libre, solo lo más cercano a lo «normal» que sea posible. No buscan fama, dinero, un príncipe azul, ni un reconocimiento, solo vivir de acuerdo con lo que debería ser, según lo que visualizan más allá de los límites que les impone su propia existencia, su entorno, su cielo azul, sus cerros, sus ríos, sus animales, su propio nacimiento, su propia historia.

Esta comienza, o mejor dicho, continúa cerca del año 1932, en la cuna de Arturo Prat, como le llaman a Ninhue, hasta hace poco tiempo VIII Región. ¿Hora? No se sabe con certeza, apenas se conoce el año y el día, aunque ni siquiera eso, los niños no existían en el Chile de esos años, solo hasta cuando eran capaces de caminar o cuando nacían otros hermanos, ya que el trámite era engorroso, sobre todo el trayecto en carreta o a caballo, desde El Rincón al pueblo, donde el registro civil los esperaba para convertir a la «camada», o al niño que ya hasta podía decir algunas palabras, en ciudadano chileno.

Melania, nombre común para esos años —sobre todo en los campos chilenos— y de mucho carácter, por cierto. Ella no recuerda qué edad tenía cuando fue «inscrita», dice, pero sus registros señalan un 12 de enero de 1934. No obstante, recuerda con claridad que nació un 21 de mayo... alguien dijo que cuando su madre vino al mundo, en Iquique se estaba peleando el combate naval, con orgullo y sin vacilar en su convicción.

Melania nació en una casa rodeada de viñas, pinos, barrancas. El vino florecía en abril y embriagaba a todos los visitantes que llegaban al hogar en donde ella nació. Su madre, Beatriz Hernández, inició el hermoso proceso de parto en medio de una noche de lluvia, fría, en compañía de su tío Saturnino Hernández y de su partera, en el abrigo de su cama. El padre de la criatura que vendría al mundo celebraba con sus coterráneos la llegada de su primogénita o primogénito; abundaba el vino y la carne, la tortilla de rescoldo, las sopaipillas con ají... todo justificaba una buena parranda. La cantora y la cueca bailada casi a ras de suelo; el vino no daba lugar a una espigada cueca y con los compases respectivos, los cuales eran creados en las cuerdas de una vieja guitarra.

Melanio Medina Medina, alejado de la mujer que yacía en su cama pariendo, prefería la compañía de sus amigos campesinos. Era más importante el festejo y que la cría llevara el nombre de su padre que estar al lado de su mujer. «Para eso están las parteras y Saturnino pu'e... cuando haya nacido la veo, que eso no es pa' hombres», creencia absoluta del hombre que fue parido sin ser reconocido por su progenitor... el patrón, el Sr. Irribarra, que se entusiasmó con la «China», situación muy frecuente en los fundos chilenos. El patrón era dueño del fundo y de todo lo que en él había.

Melanio Medina Medina, apellido de su madre, el «huacho» Melanio, creció sin apellido, sin profesores, trabajando en calidad de préstamo, como una herramienta más, para que después su madre cobrara por los trabajos realizados por el niño. La falta de padre le hizo pensar que a su hija tampoco le haría falta uno, para eso estaba la «Biacha», como le llamaba a su mujer, y estaba el tío Saturnino. Melanio, firme en sus convicciones, no contaba con que su Biacha, como consecuencia de las precariedades del campo, de los escasos y básicos conocimientos de las parteras y de otras dolencias que aquejaban la salud de la joven madre, se infectara y, a los pocos años de nacida su hija Melania, muriera, dejando a la niña bajo el cuidado permanente de su tío Saturnino, tío acostumbrado a cuidar críos dejados por sus parientes por diversos motivos. Lo hacía con dedicación y con el amor de quien no tuvo una familia, ni hijos propios a quienes dedicarles cuidados y protección, como lo haría un verdadero padre.

Así fue como se crio Melania, o la «Biacha Chica», al lado de su Taita, como cariñosamente le llamaba. Saturnino Hernández, hombre de trabajo duro, pero con un corazón más grande que toda la extensión de campo que le rodeaba, acostumbrado a su soledad y a criar a sus parientes más pequeños, con una capacidad de entrega y de bondad sin igual, «que Dios lo tenga en su santo reino», como decían quienes lo conocieron cuando partió de este mundo.

Se hizo cargo de su sobrina con el amor y la dedicación que lamentablemente, y por diversos motivos, su padre biológico nunca pudo darle. Para ella el mundo lo conformaban su campo, los caballos, los bueyes, las escaladas a los árboles, la siembra, la cosecha, el barbecho, guardar los animales por las tardes para que no quedaran «ensartados» en las púas que delimitaban las tierras. Rodeada también del vino, que ella tanto despreciaba a causa de los borrachos que llegaban a su casa para tomarse la *cañita* de aquel exquisito brebaje que producían las viñas y el duro trabajo de su Taita, y que tantos malos momentos le hizo vivir, sobre lo cual no habla demasiado, ocultando tal vez oscuros episodios que tanta vergüenza y pudor le generan, que solo los deja salir cuando tiene ante ella la evidencia que deja el alcohol, afirmando odiar a los borrachos. «Vi tantas cosas en mi casa a causa del maldito vino» decía con frecuencia.

De la escuela poco se sabe, solo cuando el Taita no necesitaba ayuda para trabajar asistía a la única escuela cercana, caminando a pie pelado durante las heladas mañanas de invierno, donde el frío traspasaba los huesos. Melania corría por los campos, pisando la escarcha y el agua que había dejado la lluvia la noche anterior. Escondía su precario calzado entre los arbustos del campo. «Es que los zuecos me dejaban los tobillos coloreando» señalaba, como justificación del deleite que le producía la libertad del contacto con la tierra húmeda del campo y correr sin sentir más que la planta de sus pies.

La escuela, una para todos los niños del sector de El Rincón; la edad no importaba, a todos se les enseñaba por igual. Las mismas materias porque los niveles académicos no importaban, había una profesora para todo y para todos. Libro y palo en mano, frente a los alumnos, entregando instrucciones más que conocimientos. La Blanca Pérez, como la llamaban, con la campanilla anunciaba la entrada a clases, todos en un mismo salón. «Los más grandes veían el libro y los más chicos no veíamos nada, solo escuchábamos», y si algún niño no seguía las instrucciones recibía un golpe de palo en las manos. A la profesora se le respetaba y escuchaba sin excusa alguna.

De su padre no se supo más, vivió su vida sin dejar mayores huellas ni vestigios de una mínima preocupación por su hija. Se fue a recorrer los campos sin dar señales durante algunos años. «Que pa' eso está Saturnino».

La comida y el vino, la chicha y todo el derivado de la uva, que con dedicación se cultivaba, atraían a la casa del Taita a amigos, parientes, gente de casas cercanas e incluso veraneantes provenientes de la capital, que encontraban en ese rincón de Chile calor de hogar campesino, pero, por sobre todo, un lugar donde poder disfrutar de la embriaguez que causa el vino y del placer de una buena cazuela de chancho, recién muerto, especialmente faenado para los visitantes.

El ir y venir de hombres y mujeres, embriagados comensales que ni siquiera conocía, no resultaba una feliz experiencia para la niña. Por el contrario, las curaderas de las visitas alborotaban los ánimos, produciendo todo tipo de situaciones que para una niña de 7 años no resultaban coherentes en su inocente mundo interior. «A mi tía Petronila se la llevaban pa'la pieza y hacían cosas de las que mejor no me acuerdo... y otros a combo limpio, peleando... y por eso yo odio el trago, no sé qué le encuentran al vino, pero vuelve loca a la gente», decía.

De las suaves noches de abrigo «durmiendo calientita con mi Taita», la abundante comida, inherente a la gente de campo: harina tostada con leche, pan amasado, el fruto sacado de la mata y el rico mate de leche, la lenteja, el poroto y los sabrosos garbanzos, se constituyó la abundante nutrición de la niña, que a pesar de la vida alejada de comodidades, de buenos ejemplos y sin la presencia de sus padres, la buena alimentación y el amor de su Taita acompañaron su infancia y el inicio de su pubertad. El amor tenía su expresión máxima en una dieta abundante, sin limitar la cantidad, que mientras más gordito y rosadito el niño, más sanito y bonito crecía el crío.

En consecuencia, cariño y hospitalidad no faltaban para los visitantes. Así también el bienestar económico de las familias era medido a través de la abundancia de comida y vino que se le podía ofrecer a la visita. Todas las manifestaciones de la vida tenían como gran protagonista la buena mesa, la abundancia de carne, el pan recién sacado del horno. El vino era el rey de las jornadas: nacimientos, bautizos, matrimonios y funerales, que por muy grande la pena, el buen vino y una buena comilona hacían más llevadera la tristeza, o bien era utilizada como excusa para una celebración que se extendía durante varios días; que nadie se fuera sin haber comido y bebido lo suficiente como para que el difunto mereciera la pena y el llanto de las mujeres a las que se les pagaba para hacer del funeral una instancia realmente triste, que supieran que el *fina'o* era harto *queri'o*.

No obstante, antes de haber narrado todo lo anterior, se deben contar pequeñas reseñas de personas importantes, comenzando por nuestra protagonista, cuya historia es tomada en esta ocasión para dar vida a muchas otras historias y contar una realidad muy viva entre los ancianos campesinos de este rincón, como de tantos otros rincones de Chile, que nacieron y crecieron bajo el yugo de la pobreza campesina de mitad del siglo pasado, donde nacer en una familia pobre implicaba una constante esperanza de que el *crío* pudiera ser capaz de trabajar y llevar dinero a casa, necesario para parar la olla y para dar de comer a los hermanos menores y a todos los «chiquillos» que Dios mandara y lograran sobrevivir al parto o durante los primeros días o meses de vida. Escaseaba en los campos chilenos los medios y conocimientos necesarios para realizar una crianza segura y con los cuidados y medios necesarios, razón por la cual los críos que crecían lo hacían a punta de rigor, casi sin cuidados, casi sin cariño, «que eso era pa' los débiles. La vida es dura y no hay tiempo para regaloneos», señalaban los adultos de la época.

Beatriz Hernández, la Biacha, mujer de campo, criada por su tío Saturnino, consanguíneo, no se sabe si de padre o madre, pero que la cuidó con esmero, cariño, bien alimentada, a punta de harto trabajo desde que era una niña. De sus padres poco se sabe, solo que murieron cuando Beatriz era aún muy pequeña. De sus abuelos se sabe que habrían llegado desde España a principios de siglo, y se radicaron en Chillán.

Beatriz, ya una adolescente, conoció a Melanio Medina, con quien se casó, quedando embarazada de su primer hijo que perdió a causa de un aborto espontáneo, seguramente ocasionado por la falta de cuidados que implica el trabajo del campo. Solo con 17 años de edad, dio a luz a su segunda hija, Melania, a la cual tuvo que abandonar, casi recién nacida por complicaciones de salud, lo que la obligó, tanto a ella como a su esposo, a pasar demasiado tiempo en el Hospital de Chillán, dejando encargada la niña a su querido tío. Al morir Beatriz, Melanio partió de Ninhue y Melania quedó definitivamente al cuidado de Saturnino Hernández. La niña no conoció a su madre, solo a través de las características contadas por su tío y por quienes la conocieron. Delgada y morena, le decían; y en la imaginación de la pequeña se creaba la única imagen que tuvo de ella, imagen que visualizaba en cada mujer que veía y que reunía estas características sembradas en su mente, las que además en el futuro serían atribuidas a sus hijas y nietas como una manera de revivirla en cada nueva integrante de su familia y mantenerla siempre presente.

«Pucha que es difícil la vida sin una madre. Yo no sé lo que es tener una, porque murió cuando era muy chica. Mi viejo, mi Taita, fue todo para mí, padre y madre, pero pucha que me hizo falta mi mamá», recordaba Melania constantemente.

Habiendo ya narrado de manera breve aspectos de lo que se sabe de Beatriz Hernández, madre de Melania, se puede decir que tenemos el cimiento de esta historia, que más parece un cuento acerca de una inocente niña campesina, criada por su abuelo, que a una narración sacada de la absoluta verdad, con la más intensa experiencia de vida que una mujer sola puede soportar. Pero al final, ¿qué son los cuentos?, sino un extracto de la realidad, adornada con fantasiosas ideas, para hacerlas más amistosas, sobre todo para su público más demandante, los niños, que interpretarán las palabras con sus inocentes visiones, que aún no alcanzan a percibir la gran verdad y honestidad que se aleja absolutamente de la imaginación de sus lectores, pero que al fin no dejan de ser historias tan reales como el más duro de los dramas.

Nuestra protagonista no es un personaje mitológico, ni fantasioso, ella en sí es la vida misma, una vida que muchos en sus existencias de burbujas no alcanzan a imaginar, aun más si consideramos la época y lugar marcados por los desapegos, por el trabajo infantil, la nula valoración del papel femenino en la sociedad, sirvientas de sus familias, fuentes de procreación y recreación para los machos campesinos y obviamente niñeras a tiempo completo de sus hijos, de todos los hijos que vinieran.

Tanto crío implicaba más posibilidades de traer dinero a la casa, ya que al tener capacidad de levantar una picota, de sembrar, de montar un caballo, de cargar el peso que fueran capaces de soportar, sin importar la edad, eran entregados en calidad de arriendo a otras familias a cambio de comida o de dinero; había que ganarse los *porotos* a muy temprana edad. Los juegos y el colegio eran considerados casi lujos para los niños de los campos chilenos.

Tanto chicuelo traído al mundo los obligaba casi a su propia subsistencia, como también obligaba a las mujeres a sacar adelante a sus hijos, prácticamente solas, ya que el hombre gastaba casi todo lo que ganaba en vino y parrandas con amigos. Todo en el campo era motivo de festejo. Después de todo, no había otra distracción más que trabajar y beber.

Aunque Melania no tuvo hermanos con los que compartir la comida y era afortunada por ser la niña de la casa, donde su Taita la consideraba una hija y la protegía como tal, no estuvo exenta del sacrificio y de la responsabilidad al cuidar críos ajenos. Al cumplir casi 8 años de edad, tuvo que ayudar en la crianza de algunos parientes menores, hijos de la tía Berta Medina, mujer caracterizada por su fertilidad. La tía Berta dio a luz a más de veinte chiquillos, algunos de los cuales no lograron nacer vivos y otros tantos nacían para morir a los pocos días o meses. Lo anterior producto de la precariedad ya descrita en la que nacían esas criaturas, traídas al mundo tal como lo hacía cualquier otro mamífero, sin diferenciar la supuesta supremacía del ser humano por sobre las bestias. La Berta paría como cualquier otra hembra, en su casa de barro, amarrada a una viga del corredor, con las piernas dobladas, pujando. El lavatorio y el jarro de agua tibia esperando la salida de la criatura desde las entrañas pujantes de su madre, que con un paño entre los dientes soportaba la presión del dolor, descargando gemidos, logrando así por fin que se asomara y finalmente naciera el hijo, que caía al lavatorio con agua.

Así fue como Berta Medina logró parir sus hijos, pero como ya se mencionó, no todos lograron sobrevivir. Las condiciones y la forma de venir al mundo, la ausencia de condiciones mínimas de higiene para recibir a un recién nacido, que llega a un ambiente tan hostil en relación con el entorno de protección en el que se encuentran durante nueve meses.

Cada niño muerto, una vez más, lejos de ser un motivo de profundo dolor y recogimiento, muy por el contrario daba paso a una abundante comilona, pero, esta vez, con un valor agregado, la exposición del niño o del «angelito», como se le llamaba en el campo a un niño muerto. Esta consistía en ubicar al niño o niña en medio de la casa, sentado en una mesa adornada con flores y santos, manteles blancos, hermosos encajes, el «angelito» vestido todo de blanco, la representación exacta de una aparición celestial, como adelantando el destino privilegiado que tendría la criatura hacia el «reino celestial».

Una vez más las lloronas tenían la misión de poner el ambiente de pena y de tragedia que correspondía, fingiendo el llanto más desgarrador que fuera posible. Esta escena contrastaba con la abundante comida que era servida a los que acompañaban a los deudos: abundante carne, la cazuela y el vino *navegaʼo*, que hacían más corta la noche en vela, acompañando al «angelito» en sus últimas horas al lado de sus parientes y en la casa donde escasamente llegó a la vida y que de inmediato la dejó.

Y ahí estaba la Biacha Chica, presente en todos los velorios a causa de los hijos muertos de La Berta, acostumbrada ya a enterrar a sus crías, para quien estas instancias eran casi consideradas oportunidades de reunión y de reencuentros entre familiares y amigos. La novedad para la niña era tener ante ella a una criatura inmóvil, cuya apariencia representaba un ángel sentado y a su alcance. Era para ella una oportunidad de juego y de entretención, que lejos de causarle algún sentimiento de tristeza o temor representaba un goce durante todo el tiempo que implicara la jornada de exposición del pequeño difunto; era un juguete a su disposición, lo más cercano a una muñeca que podía tener, ya que los juguetes eran casi inalcanzables para esta pequeña. Los elementos utilizados para su entretención o para cualquier niño de campo eran aquellos que la misma naturaleza ponía a su alcance y, en esta ocasión, una vez más, la naturalidad de la muerte le daba la oportunidad de jugar con un «muñeco» casi real, cuya inmovilidad dejaba a la niña hacer volar su imaginación y hacer del «angelito» su más preciado juguete por algunas horas. Sus verdaderas muñecas eran de trapo y elaboradas por ella misma. Su inocencia y su capacidad de asombro, tan palpables en un niño o niña, la alejaban del temor que causaba la muerte. Con sus ojos llenos de asombro y admiración, disfrutaba como nadie el roce de las manos, del cabello y de las hermosas vestiduras del «angelito», que se exponía para despedirse del mundo, al cual fugazmente había llegado y que fugazmente estaba dejando.

Siete de los hijos de tía Berta lograron vivir al lado de su madre. El esposo de esta mujer era un hombre atrapado por el alcohol, dedicado en gran medida a sus amigos y a sus cañas. La presencia paterna casi no existía, solo cuando cobraba por los trabajos realizados por sus hijos en casas ajenas en calidad de préstamos, «que no había suficiente pa' mantener a tanto chiquillo», decía el señor Hernández. El trabajo era escaso y escaso también su aporte, el que además malgastaba en su adicción, por cierto, común entre los campesinos de esos años. Tal vez ni siquiera condenable, primero por su condición de «macho campesino» y segundo porque la embriaguez proporcionaba casi la única posibilidad de distracción en esos campos, donde todo era en extremo apacible y sin otra opción de distracción.

Berta, con una temprana lesión en su columna, producto probablemente de la mala alimentación y de la descalcificación a causa del exceso de embarazos, desde muy joven caminaba con dificultad, sostenida por muletas que no le permitían cumplir por sí misma con sus obligaciones de madre, lo que la obligaba a tener que pedir ayuda en el cuidado de sus hijos, la cual conseguía, previa solicitud a su tío, en la escasa experiencia de la pequeña Melania. Con sus cortos 8 años, ya debía cargar, alimentar y proteger a los hijos de su tía Berta. Se hacía especialmente necesaria la ayuda de la niña durante las noches de parrandas en El Rincón de Ninhue, en las que Berta era contratada como «cantora» para animar las fiestas campesinas. Dotada de un genuino talento, la afinada y entusiasta voz de Berta Medina, acompañada de su inseparable y querida guitarra, animaban los festejos que se repetían en las fechas más significativas del campo chileno. Santa Carmen, San Juan, las Marías. En fin, la mayor cantidad de santos y de otros tantos acontecimientos que inspiraban a una cantora y a una guitarra a entonar sus alegres y picarescas canciones, todo era un buen motivo para reunir a los coterráneos, familias, visitas y cuanto arrimado quisiera compartir una buena comida, una buena chicha o un buen vino *navega'o*, para soportar las frías y lluviosas noches de invierno, que no eran impedimento porque la gente de campo está acostumbrada a los aguaceros y al barrial, como si el zapateo de la cueca y el ritmo de la música ranchera resultaran más chilenas y hermosas sobre las pozas de agua y sobre el barro acumulado en las ojotas. Todo era un motivo, nada una dificultad, cuando de celebrar se trataba.

En esas noches de frío, en esos días de fiestas interminables, se ganaba la vida Berta, sin descanso, sin motivación más que tener comida para sus chiquillos, sin ambiciones de fama, sin poder moverse demasiado, por su invalidez, sus piernas dejaban de sostenerse solas a medida que el tiempo transcurría, más todavía a causa de ese cuerpo grueso de hembra campesina. No obstante sus manos, sus dedos, su rasgueo y su voz no dejaron que Berta se apagara, todo lo que sus piernas no podían hacer por ella y por sus críos lo pudieron hacer sus manos y su alegría, la que entregaba en cada tonada y en cada una de las cuerdas de su guitarra. Era lo suficientemente reconocida en su tierra y en los alrededores, tanto, que era insistentemente requerida en cada ocasión de celebración. No había festejo que se preciara de tal si Berta Medina, la cantora de El Rincón de Ninhue, no estaba presente para animarlo.

Melania en este relato tiene un papel relevante, si se considera la discapacidad de la cantora producto de la incapacidad de sus piernas, para cuidar a sus hijos. Las jornadas de trabajo para esta mujer eran extenuantes. Amaba su oficio, pero implicaba un enorme sacrificio, y sin contar con el apoyo de su esposo se hacía aún más difícil. La pequeña Melania debía cumplir funciones de cuidadora de los menores, ya que a su tía, aunque en segundo grado, debía apoyarla.

Si bien no se caracterizaba por profesar demasiado respeto en su trato hacia personas mayores, Melania tenía claro que si podía ayudar a algún pariente que lo necesitara, ella estaría presente, y más aun para cuidar a estos niños que había visto nacer y crecer.

«Yo no le decía usted a nadie», señalaba, no obstante a su tía Berta la trataba con respeto, tal vez por la cercanía con su Taita o por el respeto y la admiración que le inspiraban esta mujer que tanto sufrió en sus partos, que tanto le costó criar a los hijos que sobrevivieron, por los cuales luchaba día a día para darles de comer, a pesar de su discapacidad y, más aun, con el entusiasmo suficiente para alegrarles la vida a otros con sus cantos. En estas instancias, era donde Melania acompañaba a Berta con el único propósito de cuidar a los chiquillos, que debían ir con su madre a las fiestas o quedarse en casa, esperándola. La tarea de la niña era acompañar a los menores, uno de ellos, casi una guagua aún, hasta que su tía Berta terminara su jornada, cobrara su paga y volviera a casa. Melania compartió la crianza de los pequeños no solo en las jornadas de trabajo de la madre, sino también en las instancias cotidianas, donde Berta no era capaz por sí sola de realizar tareas cotidianas de mamá y dueña de casa.

La pequeña era requerida para alimentar y bañar a los pequeños, entre otras tantas labores propias de una mamá. Uno de estos niños le fue asignado con mayor dedicación, debido al apego que este sentía especialmente por Melania: Ricardito, con casi un año de edad, con quien la niña pasaba la mayor parte del tiempo, alimentándolo, cambiando pañales de tela y jugando, como quien se divierte con el más real de los muñecos. Ricardito tendría con los años un papel importante en la vida adulta de esta niña. Sin saberlo, ya se preparaba para cumplir su papel en esta historia.

El tiempo no traía consigo mayores cambios, salvo los cabellos blanqueados de su tío Saturnino, su cada vez más lento andar y los surcos cada vez más marcados en su rostro. Ella, por cierto, también más crecida, con muchas vendimias, barbechos, cosechas, juegos en el campo, noches estrelladas y de luceros boyerizos, como el Taita le llamaba al primer lucero que aparecía en cada atardecer. Muchas noches de sueños profundos y cálidos junto a su Taita, en fin, con una vida de campo y de trabajo, en su cuerpo, en su mente y en su corazón.

Sin embargo, las noches con borrachos, la llegada constante de visitas a su casa, también continuaban con la misma frecuencia, situación que comenzó a saturar la paciencia de la niña, quien se caracterizaba por decir siempre lo que su vientre y su rabia lanzaran, sin ningún tipo de filtro. Eran constantes las advertencias hacia su tío: «Taita, si usted sigue soportando curados en mi casa, yo me voy y lo dejo solo no ma'», aseguraba Melania cuando su paciencia llegaba al límite de su tolerancia a causa de la presencia de estas personas, que invadían su inocencia y que tanta frustración y rabia le producían.

Por su parte, Saturnino no podía imaginar la posibilidad de vivir sin su Biacha Chica, para él era toda su razón, toda su motivación, ella alimentaba sus ganas de seguir. Es por ello que un día en que el padre de la niña reapareció, después de años de ausencia, Saturnino reaccionó como una bestia que defiende a sus cachorros: «A mi chiquilla nadie la saca de mi lado», afirmó el anciano cuando Melanio Medina Medina, después de diez años y ya criada la niña, llegó a visitar a su hija con la absoluta convicción de llevarla a vivir con él en el pueblo de San Carlos, donde residía desde hacía algunos años.

Con el firme propósito de impresionar a su hija, la llenó de regalos, galletas y dulces, todo lo necesario para conquistar a la inocente pequeña que pocas veces salía de su campo, cuyos paseos más esperados eran las visitas a Ninhue, ocasiones en las que lucía sus mejores vestidos y que sometía a sus pies a la incomodidad del calzado con tal de pasar un día en el pueblo, lejos de sus animales, a los que tanto amaba, y de sus muñecas de trapo.

Melania, al ver que se aproximaba este señor, a quien ni siquiera recordaba con claridad, corrió buscando la protección de su tío, señalando no conocer a este hombre que decía ser su padre y, más aun, manifestando intenciones de llevarla lejos de su querido Taita.

—¿Quién es usted? —preguntó Melania.

—Soy tu papá. ¿Cómo es posible que no me reconozcas, niña?

—No, po', yo a usted no lo conozco. El único papá que tengo es mi Taita.

Ante la reacción de la niña, Melanio, enfurecido por el absoluto rechazo de esta «mocosa», le advirtió que, aunque no lo quisiera, él cumpliría su papel de padre y le daría unos buenos «correazos».

—¡Que pa' eso soy tu papá!

—Usted no tiene ningún derecho de pegarme e'ñor, mi Taita me crio y él es el único padre que tengo...

Furibundo y sin decaer en su propósito, el hombre emprendió camino al pueblo para conversar con las autoridades e informar que Saturnino Hernández no quería entregarle a su hija, reclamando sus derechos como legítimo padre de Melania. Lamentablemente para él esto provocó la más absoluta desesperación y furia en Saturnino, quien vio tan cercana la posibilidad de perder a su sobrina, a su niña. A pesar de sus años y de su escasa habilidad para cabalgar, a consecuencia de su ya agotado cuerpo y como terco hombre campesino, montó su caballo y emprendió a galope por los cerros de El Rincón, logrando anticiparse a la llegada del frustrado padre y poner en antecedentes a las autoridades del pueblo, informando todas las circunstancias que rodeaban esta historia. Fue escuchado y comprendido, considerando, además, que Saturnino y Melania eran conocidos en el pueblo, sabían que la niña se había criado a su lado y que ella amaba a su tío. Lo más importante, sabían de la ausencia del padre biológico luego de la muerte de la madre de la menor, lo que impidió finalmente que las pretensiones de Melanio se concretaran, dejando a la niña bajo la custodia de su Taita.

Melania continuó en su campo, con su tío, durante algunos años más, que la convirtieron en una adolescente decidida y con ideas claras respecto de lo que quería y de lo que no quería en su vida. Lo que Melania esperaba, estaba al otro lado de esos cerros que la vieron crecer, lejos de su campo, lejos de sus animales y lejos de su Taita.

CAPÍTULO 2

LA DESPEDIDA

Frecuentes visitas llegaban desde la capital a El Rincón, donde las santiaguinas y santiaguinos invadían cada verano los campos en busca de tranquilidad y de la hospitalidad que podían encontrar entre los parientes campesinos, quienes ponían a su disposición lo mejor: buena comida y cómodas camas, cuyos colchones de lana eran cubiertos con sábanas confeccionadas con las telas que envolvían los sacos de harina con su marca impresa en ellas: El Molino, indispensable en las cocinas de campo. La idea era hacer sentir lo mejor posible a los capitalinos, quienes muchas veces traían regalos como ropa que ya no utilizaban, zapatos y otros artículos que en los campos no se conocían. En esos años todo era novedad, nada muy conocido, sobre todo en esos rincones de Chile, donde lo más novedoso llegaba solo desde el pueblo más cercano.

La capital, a mitad del siglo pasado, era una codiciada meta para las inocentes mentes de jóvenes campesinos que no conocían el mundo, más allá de por alguna vieja radio o a través de algún diario o revista disponibles, dejada por alguna visita.

Viajar a Santiago era algo impensado y todo un acontecimiento si esto llegaba a concretarse.

Más aun, vivir y trabajar en la ciudad era para muchos y, sobre todo, para los más jóvenes y soñadores, una anhelada e inalcanzable aspiración, con la convicción absoluta de una vida con mayores posibilidades, prosperidad que les permitiera enviar dinero a su familia, es decir, convertirse en el referente para sus cercanos y coterráneos. Volver como visita a su tierra convertidos en la señorita o en un joven más refinado desde la capital constituía un logro y un mérito, considerando que salir desde el campo a la ciudad solo era posible a través de la gestión de algún pariente, o del «amigo del primo» que necesitaba una niña o un joven, humilde y servil, que ayudara en las tareas o como servidumbre en alguna casa de ricos santiaguinos.

Tal fue el caso de nuestra Melania, quien insistentemente y durante los últimos años manifestaba las ganas que tenía de dejar el campo, aludiendo a la hospitalidad que su Taita demostraba de manera constante a sus parientes, ofreciendo hospedaje a uno de los tíos por el que Melania demostraba mayor antipatía; no lo soportaba, decía, principalmente por las constantes jornadas de borracheras que propiciaba la presencia de este, el tío Belarmino. «Mire, Taita, si usted trae a vivir a Belarmino, yo agarro mis pilchas y me mando a cambiar». El hombre nunca creyó en las amenazas de una mocosa de 11 años y al cabo de algunos meses el tío Belarmino se instaló a vivir con su tío Saturnino y con ella, lo que produjo en Melania una enorme decepción. Esto significó lo que ella había temido: constantes parrandas y la presencia permanente de borrachos en su casa.

Llegó el verano, y como era usual, llegaron a El Rincón veraneantes desde distintos puntos del país, principalmente desde la capital. Unas señoritas santiaguinas fueron en esta oportunidad las visitas que llegaron a casa de algunos coterráneos, parientes seguramente, que venían a descansar al campo y a disfrutar de la hospitalidad de la gente, que las recibió como verdaderas personalidades, que bajaban desde lo alto de la sociedad santiaguina para compartir con los «guasitos[1] de Ninhue». La visita de estas damas no obedecía solo a un descanso estival, sino también a una posible adquisición de algún chiquillo o chiquilla que pudiera cumplir labores de servidumbre, situación muy conveniente para los capitalinos, quienes, con la intención de un salario mínimo y con una promesa de comida y techo para los «guasitos» llegados desde el campo, conseguían mano de obra barata, sin exigencias de mayores beneficios y a quienes podían explotar, sin fiscalización de ningún tipo. En esos años, lo que ofrecía el patrón era casi una obra de caridad para quienes llegaban desde el sur, sin experiencia, sin recursos, pero con todas las ilusiones, y quienes constituían el mejor aliado para los que esperaban sacar el mayor provecho posible de estos campesinos soñadores y trabajadores, humildes y sin protección, donde el empleador recibía todo lo que exigía y más a cambio de un salario miserable.

No obstante, ante los ojos de los trabajadores, toda esta experiencia implicaba una enorme oportunidad de prosperidad y de una nueva vida en la capital, oportunidad que muchas veces simplemente no llegaba y que, por el contrario, la explotación laboral les hacía añorar la tranquilidad de su campo que habían dejado con tanta ilusión.

Efectivamente y sabido era entre los vecinos que la Melania era una inminente candidata para ser quien acompañara a las señoritas santiaguinas en su regreso a la capital. Sabía cocinar, hacer deberes de casa, tenía edad suficiente para trabajar, «era bien despierta la chicuela», calzaba perfecto con el perfil requerido.

Rápidamente la información de esta tentadora oferta fue conocida, y ante la demanda insistente no pasaron muchos días para que la Melania «agarrara sus pilchas», como ella tanto insistía, y una tarde, sin que su Taita se enterara, «agarró» también su historia, su pena, el amor y gratitud hacia su viejo,

---

1 Se dice del habitante del Norte Chico, la zona central o la parte del sur de Chile y que se dedica a las labores de hacienda o campo (*Nota del editor*).

sus recuerdos y sus remordimientos y se fue para la capital a trabajar y a servir como empleada, labor que implicaría el inicio de una intensa y precoz vida laboral que el destino le tenía preparada.

Iniciada finalmente la aventura, ya no había vuelta atrás. La decisión estaba tomada, la vida encausada hacia esta gran ciudad, Santiago, la esperaba y sería su hogar por el resto de su vida, aunque en ocasiones no parecía fácil enfrentar este mundo tan distinto, tan duro y no por su geografía, ya que la inmensidad de sus edificios, de sus calles, sus troles y autos por todas partes, la agitación de cada jornada, resultaron alucinantes para la niña de tan solo 12 años, quien ya se aventuraba a cambiar su vida para siempre... lo difícil sería enfrentar a las personas quienes serían parte ahora de su entorno más cercano, personas que no le darían el amor protector de su Taita, solo con *las patas y el buche*, como se referían en el campo cuando había que enfrentar con entereza y valentía las cosas difíciles de la vida y sin ningún otro recurso que su fe, la tierra y sus manos.

Los Medina serían ahora sus patrones por algún tiempo. María, Ester y don Manuel Medina era la familia que la acogió y la inició en el mundo agitado del trabajo en la gran ciudad de Santiago. Los apellidos no implicaron una consanguinidad, tal vez parientes lejanos, pero aun así, Melania Medina sería su empleada.

«Buenas personas», señalaba la Melania. Le enseñaron a trabajar, le mostraron la capital, la entretuvieron con paseos de fin de semana a tomar helados, le enseñaron las atracciones de la ciudad, y por supuesto la misa de domingo en la iglesia Don Bosco no podía faltar. De alguna manera, esta familia asumió que era una niña, que aún no crecía y de alguna forma sentían la responsabilidad de escribir recuerdos hermosos en ella. Sin querer estaban terminando de criar.

Para la Melania todo era una gran novedad, algo nuevo y digno de asombro. Nunca había caminado tanto sobre el cemento, no había visto calles tan anchas, edificios tan altos, personas tan diversas, un río en la mitad de la ciudad, un cerro rodeado de edificios, gente tan *estirada* y tantos autos y troles, en reemplazo de sus carretas y caballos.

Sus paseos dominicales en compañía de sus patrones abrían una puerta hacia la posibilidad de nacer nuevamente en otro entorno, con nuevas motivaciones, con esperanzas y ganas de encontrar en Santiago todo lo que alguna vez soñó y todo lo que no conocía, todo lo que viniera, solo había que «ponerle el hombro no más» y todo lo que Dios quisiera, sería.

Los deseos de Melania y la buena voluntad de los hermanos Medina se conjugaron para lograr que la niña no solo aprendiera sus deberes, descubriera lugares y viviera experiencias nuevas, sino también para que lograra aprender todo lo que la Blanca Pérez, en su pequeña escuela de campo, no consiguió enseñar: leer y escribir fluidamente. La motivación que ahora tenía era mucho más inspiradora que en esos años. Su nueva vida, y la bondad de sus patrones, constituían impulsos importantes para aprender a escribir y a leer con una facilidad, algo nunca conseguido durante su breve infancia escolar.

Ella misma compraba algunos libros y otros eran obsequiados por sus patrones. Con el tiempo, paciencia y cariño, la niña que solo sabía de animales, de siembra, de cosecha, de cerros y aves, las cuales distinguía solo al escuchar su canto, finalmente logró leer y escribir en forma fluida, como si hubiese aprendido en el mejor colegio de Santiago… y solo sería el inicio de mucho más.

Así transcurrió su vida, trabajando, paseando, entre clases de lectura y escritura, asistiendo a misa y tomando helados los domingos. Mucho que hacer, pero a pesar de todo ello, el recuerdo de su Taita, quien la extrañaba en el campo, hizo que todo este esplendor de la vida santiaguina ya no resultara tan entretenido y novedoso.

Había aprendido a trabajar, conoció la capital, escribía y leía de corrido, por lo que la idea de volver al sur con su padre, Melanio Medina, no resultaba tan imposible, al contrario, era casi una oportunidad para vivir en familia nuevamente.

Melanio, su padre, se había trasladado a vivir al pueblo de San Carlos, en la región de Ñuble, y le había pedido a su primogénita vivir con él y continuar trabajando por allá... por posibilidad de iniciar una vida como una joven normal, estudiando, tener amigos y amigas de su edad, de enamorarse... estaba lejos de ser una realidad. El trabajo, el esfuerzo y su independencia eran ya parte de ella y no conocía otra forma de existir y no le interesaba conocerla, asumió desde muy pequeña que no sería una niña común ni mimada, ni letrada. Sería una mujer de trabajo, limpiando, lavando y cocinando para otros, e incluso criando hijos ajenos.

Finalmente, la nostalgia la impulsó a dejar de lado su orgullo y a aceptar la propuesta de su padre, abandonando Santiago y a la familia que la acogió y que le enseñó a *ganarse los porotos*.

Su vida en San Carlos no sería muy distinta a la que llevaba en la capital. Rápidamente consiguió algunos empleos, siempre de empleada; no obstante, el que más marcó su historia en San Carlos fue el cuidado de un niño de meses. El padre camionero y la madre... la madre enferma, sin poder hacerse cargo de su guagua. «Andaba pa' todas partes con mi chiquillo» decía, feliz, cuidando a su hijo adoptivo que tan encariñada la tenía. Sin embargo, una tentadora oportunidad que la haría tomar la decisión de dejar a su guagua, dejar a su padre y partir nuevamente sola hacia lo desconocido, pero que despertaba su curiosidad de niña, se dio. La cordillera, escenario que siempre quiso conocer, pasando por las Termas de Cauquenes, el panorama se veía muy atractivo, prometía aventuras y el descubrir hermosos lugares en la cordillera más cercana a Rancagua.

Un matrimonio dedicado a la minería, radicados en El Teniente, necesitaban una joven que ayudara en la atención de la pulpería de la mina de la que eran propietarios.

Era, finalmente, la oportunidad esperada, un trabajo liviano para una menor de 15 años; tendría casa, comida y una buena paga, además de la posibilidad de conocer la hermosa cordillera, estar cerca de la nieve, la que solo conocía desde su campo al admirar la majestuosa cordillera y el volcán Chillán.

Solo un problema impedía hacer realidad esta opción de trabajo: no se permitía el ascenso a las minas de menores de edad y no había forma de ocultar la evidente juventud de Melania. Su rostro infantil y su frágil figura no permitían aparentar una edad más adulta. No obstante, la intención de su patrona era llevar a la niña de cualquier manera a la mina, urdiendo para ello un plan que no podría fallar. Melania sería presentada ante los fiscalizadores como una sobrina del matrimonio, indicando, además, que el objetivo del viaje eran unas vacaciones en el confortable Hotel de las Termas de Cauquenes. El plan resultó exitoso y efectivamente los días de estadía en el hotel se concretaron. No podía ser de otro modo, ya que el tren que iniciaba su ascenso en Rancagua tenía como primera parada Las Termas de Cauquenes, cuyo destino fue el único autorizado para el ascenso de la menor.

Para Melania era un sueño hecho realidad. Nunca había estado en un hotel tan elegante. Los baños termales, las piscinas temperadas, los baños de barro, los juegos con bolas de nieve se convirtieron en una experiencia inolvidable y que solo favoreció la confianza y la convicción respecto de las buenas intenciones y de la bondad de sus nuevos patrones... aunque solo sería la antesala de una historia que se alejaba absolutamente de la experiencia vivida hasta ese momento.

Pasaron algunos días y llegó el momento de la partida, el momento de concretar la subida a la mina en tren, el cual hacía escala en Cauquenes, cuyo destino final era El Teniente.

Sin la fiscalización con la cual se iniciaba el trayecto del tren en Rancagua, fue posible que Melania llegara sin problemas a su nuevo lugar de trabajo. Los días comenzaron a transcurrir y las promesas hechas en San Carlos se desvanecían con una realidad que Melania nunca imaginó. La atención en la pulpería fue la excusa para llenarla de labores adicionales y distintas de las acordadas; la atención de los mineros, servir desayunos a los hijos del dueño de la casa, lo que la obligaba a levantarse de madrugada. Cocinar, lavar ropa hasta altas horas de la noche, fregando descalza y congelándose en las más precarias condiciones. El maltrato era pan de cada día, el más mínimo motivo de descontento provocado a su patrona era motivo para recibir una buena paliza, restringir la alimentación y recargar aun más las labores de la menor.

El frío extremo en pleno invierno cordillerano y la falta de condiciones mínimas de abrigo y de buena alimentación trajo como consecuencia una feroz pulmonía, que la expuso a riesgosas condiciones de salud, lo cual no constituía una excusa para evitar el trabajo y los malos tratos de parte de sus patrones.

Su labor en la pulpería era la única instancia de contacto con otras personas, quienes podían apreciar en forma evidente las malas condiciones en que se encontraba esta joven. Era lo más parecido al trato recibido por una esclava.

Ninguna de estas personas hacía ni decía nada en favor de Melania. La dura vida de los mineros, su aislamiento del resto del mundo, les hacía asumir que así debía ser para todos los que habitaban en esa parte de la cordillera. Estaban sometidos y destinados al sacrificio y a la soledad.

Pero sí hubo alguien que se detuvo a observar con espanto lo que ocurría en la casa de los dueños de la pulpería, un «buen samaritano», un afuerino que pudo apreciar las pésimas condiciones en las que se encontraba la menor. Era el panadero, que llevaba el pan desde Rancagua al pueblo de Cauquenes. El hombre cada día observaba y pensaba qué podía hacer para ayudar a esta pobre jovencita, que además se encontraba en muy mal estado de salud, algo cada día más evidente, lo que finalmente gatilló la furia del panadero y la resolución absoluta de ayudarla: «¿Cómo te llamas? ¿Dónde están tus padres? ¿De dónde vienes?», le preguntó finalmente el hombre, ganándose la confianza de la niña, quien le indicó la dirección y el nombre de su padre. El hombre hizo llegar rápidamente una carta a Melanio en San Carlos, informando las condiciones en las que se encontraba la menor, poniendo énfasis en la necesidad urgente de rescatarla.

Así fue como Melanio recibió las terribles noticias de su hija y partió de inmediato a buscar a su chiquilla, dispuesto a enfrentar duramente a los torturadores de su hija y quienes, además, se la llevaron engañada, con promesas que nunca cumplieron y que, por el contrario, le devolvían a una niña casi desnutrida, enferma y con una terrible experiencia a su corta edad. La vida le dio a Melanio, acosta del sufrimiento de su hija, la oportunidad de cumplir su papel como padre protector, demostrando así que, a pesar de la distancia con su Melania, siempre la amó y nunca la olvidó, como tantas veces su hija le reprochó.

CAPÍTULO 3

EL RESCATE

San Carlos era un pueblo pequeño, destacado por su comercio —que en esos años era bastante—, considerando que allí se concentraban las operaciones de compra y venta de productos locales, como el vino, verduras, frutas, ganado y en general toda la producción del campo.

El campesino llegaba en sus carretas y se reunía con sus coterráneos desde distintas localidades cercanas. El singular encuentro de costumbres, comidas, música, en fin, todo el trabajo del campo y su gente se ponía a disposición del comercio y de quien llegara al pueblo a saborear y disfrutar del maravilloso producto del trabajo del hombre de campo, que con tanta nobleza y dedicación cultivaba su tierra y cuidaba a sus animales para el deleite de quienes tuvieran la suerte de llegar hasta San Carlos y disfrutar de todo lo que se comercializaba en ese rincón de Chile.

Cuna de grandes artistas, San Carlos vio pasar por sus calles a una Violeta Parra, que también desde los campos cercanos venía con su arte y su música. Así como ella, las cantoras eran una muestra costumbrista fundamental en las jornadas de encuentros festivos. Así como en los campos, también en el pueblo, las radios eran un privilegio solo para algunos en esos años. Las cuecas y las rancheras eran cantadas por estas artistas campesinas, con guitarra y pandero que daban vida y felicidad como un producto más de los campos, dejando florecer el talento que caracterizó a esta zona del país, como una cuna de artistas y de héroes chilenos.

No estaba claro si Melania disfrutaba estas costumbres, ya que su única motivación era el trabajo y sus sueños de independencia y bienestar.

Llegó de regreso a San Carlos desde las minas de El Teniente en compañía de su padre, quien decidió regresar a Santiago con su recién formada familia.

La casa de la tía Toña, Antonia Alarcón, sin ningún vínculo sanguíneo que la uniera con Melanio y su familia, más que el cariño que los unía desde niños, creciendo juntos en El Rincón de Ninhue, fue el hogar que los acogió en su retorno a Santiago.

El hogar de la tía Toña se convirtió en el hogar provisorio de Melania, siendo recibida con mucho cariño. Antonia Alarcón se convertiría en la protectora de la joven de casi 16 años y sería la impulsora del capítulo más importante y decisivo en la vida de esta niña, que estaba iniciando un camino impensado y que definiría el resto de su vida.

La tía Toña era también mujer de campo, que emigró a la capital en busca de trabajo y de un mejor futuro. Esforzada y con un gran talento para los mandados de los patrones, logró formar parte de la servidumbre de una de las familias más aristocráticas de Santiago, la familia Heiremans. En esos años, casi a inicios de los 1950, el patriarca de la familia tenía cargos diplomáticos, lo que mantenía a don Óscar Heiremans permanentemente fuera del país. Lucienne Despouy de Heiremans, mujer de la alta sociedad y madre de tres hijos, tenía como misión mantener intactas las costumbres sociales, criar a sus hijos y conservar y mantener el lujo de su enorme casa, ubicada en pleno corazón de la comuna de Providencia.

Las dimensiones de la casa y todos los compromisos y encuentros sociales que se realizaban en ella hacían indispensable un séquito de sirvientes, quienes, con tareas muy definidas, permitían que todo funcionara perfecto, tal como lo exigía el protocolo de los Heiremans Despouy.

La tía Toña vio en esta familia una real posibilidad de trabajo digno para la Melania. La joven contaba con todos los atributos requeridos para formar parte de esta exclusiva servidumbre: joven, buena presencia, educada, respetuosa y sobre todo muy trabajadora.

—Le aseguro, señora, que no se va a arrepentir. La Mela es una chiquilla bien esforzada y sabe hacer de todo —le señaló la tía Toña a su patrona.

—Pero, mujer, es una niña aún. No podrá con todo el trabajo de una niña de mano de la casa —argumentaba la distinguida señora Lucienne.

—Pruébela no ma'... va a ver que sí sirve la chiquilla.

—Bueno, tráela, la pondremos a prueba y veremos si queda o no en el puesto —se decidió finalmente la señora, aunque con ciertas aprehensiones, considerando la juventud de la postulante.

Llegó el día. Melania bien emperifollada partió con su tía a casa de los Heiremans para ser presentada en «sociedad», esperando conseguir la aprobación de la patrona Lucienne.

Y así no más fue: cayó en gracia ante los ojos de su evaluadora e inició su trabajo como «niña de mano», que consistía en ayudar en el orden y el aseo de algunas de las habitaciones y en general en todo lo que pudiera ser útil. La experiencia de trabajar y vivir en una casa llena de lujos, escaleras de mármol, hermosas alfombras, muebles de finas maderas y tapices de lindos brocatos, grandes jardines, casi parques, donde podía caminar por prados cuidadosamente tratados, apreciar los rosales muy bien mantenidos, árboles frutales, que contrastaban absolutamente con los frutales y arbustos silvestres, cuyo cuidado estaba solo a cargo de la lluvia del invierno y de la polinización de los insectos cada primavera en su campo, le resultó a esta novata joven una experiencia impensada, casi de cuentos, nunca imaginó vivir en un lugar así. Los árboles de este jardín eran desinfectados, podados, abonados y regados por el jardinero a cargo, quien cosechaba las flores que decoraban los hermosos jarrones de cristal que embellecían las distintas habitaciones y pasillos de la lujosa propiedad.

Así de hermosa era la casa y así de esforzado era el trabajo que permitía mantenerla. Melania cumplía con extenuantes jornadas de trabajo, no existían horarios, pero sí un cálido ambiente familiar y laboral, donde cada trabajador era tratado con respeto y consideración. La dignidad de cada uno era un valor básico en la relación entre patrón y empleado.

Toda esta nueva aventura era un sueño realizado, era más de lo que ella había deseado y aspirado. Una casa hermosa, un trato digno y cálido, la respetaban y la apreciaban por lo que era y no como una herramienta de trabajo. Era por fin la Melania, la joven trabajadora que se había ganado el cariño y el respeto de sus pares y de sus patrones. A pesar de la enorme diferencia social y cultural, los Heiremans valoraban el trabajo de sus empleados y sabían cómo tratar a las personas, independientemente de su origen, aunque tenían muy claro quiénes pertenecían a su círculo y quiénes no y no necesariamente el dinero hacía la distinción, sino más bien el nivel sociocultural y de calidad humana que mostraran las personas.

Melania creció en muchos aspectos, como también transcurrió la vida y las historias en forma paralela a la suya.

No se supo mucho más sobre su padre, solo que iba y venía desde Santiago al sur, radicando su familia finalmente en la ciudad de Chillán, donde nacieron dos hijos fruto de su unión con Elena, su mujer. Se sabía también que se convirtió al evangelio, tal vez como una forma de redimir culpas de juventud, siendo su papel como padre presente de Melania una de esas culpas. Nunca se conocerá con certeza, pero se sabía concretamente que a sus otros hijos les narró su prematura experiencia como padre desde el punto de vista de quien se ve imposibilitado de poder cumplir aquel papel por las adversidades, producto del sacrificio de un joven de 17 años, edad que tenía al casarse con Beatriz, la madre de Melania, quien enfermó y por lo cual a los 19 años quedó viudo, sin el apoyo de una madre, quien también había muerto cuando era solo un niño, y cuya única compañía, finalmente, fue la de su padre. Debió aprender a enfrentar la vida. Tal vez aprendió, tal vez no, y no supo canalizarlo; lo que era claro era que Melania, bien o mal, nunca lo vio como un verdadero padre, según sus propias palabras, ya que lo culpó de las carencias que tuvo durante su niñez y durante el resto de su vida, pero, a pesar de ello, nunca lo abandonó.

El Taita, don Saturnino Hernández, aún con vida, en esta parte de la historia envejecía en su campo, siempre en compañía de su sobrino Belarmino y la mujer de este, causa fundamental en la decisión de Melania para abandonar su hogar y a su viejo querido, quien en silencio la extrañaba día tras día, año tras año, a su querida Biacha, de quien solo tenía referencias de parte de algún pariente que habría viajado a Santiago.

La tía Toña dejaba atrás sus días como cocinera de sus patrones, habiendo cumplido como una leal empleada y cediendo su lugar a su destacada discípula, que tan en alto había posicionado las expectativas que Antonia Alarcón había sembrado en sus patrones, quienes, agradecidos, aceptaron su retiro.

CAPÍTULO 4

UN INICIO Y UN RETORNO

Niña de mano, niñeras, cocineras, ayudante de cocina, mozos, jardineros, todos formaban parte de la servidumbre en la casa de los Heiremans.

La Mela, como le llamaban sus patrones, se inició como niña de manos. Rápidamente ascendió al cargo de niñera, donde estrechó lazos de cariño y complicidad con los niños de la casa. El segundo hijo de don Óscar y doña Lucienne creció y se casó con una hermosa joven de la alta sociedad santiaguina, la señorita Olivia Bunster. Su elegancia y el hermoso talento como bailarina clásica cautivaron a Eugenio. La joven pertenecía al cuerpo de baile del Teatro Municipal de Santiago. El joven Eugenio siempre mostró mucha admiración por el mundo de las artes, por lo que encontró en Olivia a la compañera perfecta, con quien se casaría y quien sería la madre de sus cuatro hijos, quienes, como él, nacieron y crecieron entre elegantes banquetes, distinguidas visitas, tales como empresarios y talentosos personajes del medio artístico nacional de los años 1950, lo cual marcó la vida de estos pequeños que veían en las empleadas de la casa personas mucho más cercanas que sus propios padres —como hasta hoy sucede en la altas esferas de las sociedades de todo el mundo—. Niños aferrados a sus niñeras, llenos de cosas, pero vacíos y con carencias. Es el precio del dinero que pagan estos menores, sin tener intención más que de jugar y de ser amados.

Todo este ambiente cultural y artístico en la casa, a la que también concurrían personalidades del mundo político en forma constante, obviamente repercutió en el vulnerable mundo de Melania, quien poco a poco fue descubriendo lo deslumbrante que le resultaba conocer y aprender; abrir sus ojos a nuevos horizontes, que en su campo nunca imaginó que podía llegar a descubrir.

Se enamoró del ballet clásico, de la lengua francesa y de la literatura, y gracias a una contingencia del destino, forma en que suelen acontecer las cosas más trascendentales de la vida, las más tristes o las que marcan el fin o el inicio de una nueva etapa, se inició en el oficio culinario, que se convertiría en el futuro sustento de su vida.

La maestra de cocina titular de la casa acostumbraba a dejar muy bien parados a sus patrones ante sus invitados, con preparaciones sugeridas por la anfitriona, la señora Lucienne, especialmente en importantes ocasiones, donde asistían destacados invitados, tanto chilenos como extranjeros. Todo debía ser perfecto. La señora de la casa se encargaba personalmente de escoger el menú, con una marcada inspiración de sus antepasados franceses. Instruía en la cocina y en la mesa para que todo luciera con la distinción digna de la realeza: finos cubiertos, manteles de encaje y las flores que adornaban la imponente mesa, provenientes de su propio jardín y especialmente cultivadas para dichas ocasiones. Todo funcionaba para causar la mejor impresión.

Llegó el día de otro importante banquete. Estaba todo dispuesto, menú, vajilla…, todo perfectamente preparado para que una vez más diplomáticos extranjeros que visitaban Chile cenaran en casa de los Heiremans.

La maestra de cocina, de la cual no se tiene registro de su nombre, estaba instruida y preparada para realizar su trabajo de la manera mejor, como siempre lo había hecho. Era su día de salida, pero debía llegar a tiempo para tener todo dispuesto oportunamente. Las horas comenzaron a avanzar, pero la mujer no llegaba. La señora Lucienne, desesperada, solo pensaba en la frustración que podría sufrir ante el poco tiempo que quedaba para la llegada de sus distinguidos comensales. Nada que hacer: la cocinera definitivamente no llegó.

—Oiga, patrona, no se preocupe tanto. Yo puedo hacer la comida. Me he fijado harto en cómo lo hacía la señora que se fue… y yo le puedo ayudar.

—Pero, niña, ¡por Dios! No es cualquier comida… ¿tú crees realmente que puedes hacerlo? ¿Estás segura?

—Mire, yo no sé si me va a quedar tan buena como a ella, pero puedo hacerlo. ¡Estoy segura!

Por primera vez la patrona tuvo que dejar su confianza en manos de esta inexperta joven, pero que tenía todas las ganas de avanzar cada vez un poco más.

Fue así como Melania tuvo ante ella una responsabilidad que marcaría el antes y el después en su vida laboral, y esta oportunidad no la desperdició. Con dedicación y con la presión de quien rinde un importante examen, con algo de asesoría recibida desde su expectante patrona, el menú se elaboró de manera minuciosa, se sirvió con todo el protocolo que ameritaba la ocasión y por último las felicitaciones no se hicieron esperar. Todo resultó perfecto, los invitados disfrutaron del exquisito menú, sin imaginar que su deleite significó el inicio de una virtuosa maestra de cocina, que solo con ganas y mucha dedicación se convirtió desde ese momento en la chef titular de la familia.

Las vacaciones de los Heiremans resultaban impensadas si no contaban con las preparaciones de la Mela, quien aprendió a reconocer las preferencias culinarias de los integrantes de la familia, lo cual la convirtió en la compañía constante de sus patrones. Viajar con ellos y conocer muchos lugares escogidos en forma recurrente por las familias más adineradas, como Zapallar, Marbella, entre otros, fueron constantes en cada verano. Estas instancias se convirtieron para la joven en oportunidades de paseos soñados, lujosas casas de veraneo, visitando hermosas y exclusivas playas, paisajes que solo había conocido a través de películas, que escasamente tenía la oportunidad de ver durante algún domingo libre, cuyo tiempo dedicaba a visitar a su tía Toña o a visitar el «teatro», como le llamaba al antiguo Biógrafo,[2] única instancia para conocer un poco más el mundo, más allá de la cordillera que rodeaba Santiago.

Con todo lo aprendido y conocido, Melania sentía que ya lo había descubierto casi todo, o por lo menos todo lo que en sus días de infancia soñó, en sus días de tristeza, cuando recibía malos tratos y era explotada laboralmente en las alturas de Las Minas de El Teniente. No obstante, aún tenía mucho por descubrir.

El arte siempre estuvo presente en la familia de sus patrones: ballet clásico, pintura, escultura, obras que decoraban los espacios de la enorme casa de Providencia. El folklore chileno, la música clásica y el teatro, el que formó parte importante en la vida de la familia.

Luis Alberto Heiremans, escritor y dramaturgo chileno, hijo menor del matrimonio Heiremans Despouy, fuertemente influenciado por su refinada familia hacia la medicina, carrera que estudió y de la que se tituló principalmente para dar en el gusto a sus orgullosos padres, pero que nunca fue su real vocación, se convirtió en una inspiración para Melania, admiraba su trabajo y su humildad, pese a pertenecer a una de las familias más adineradas y distinguidas de la capital.

Luis Alberto no necesitaba aparentar nada, no necesitaba en su vida clases sociales ni casarse con alguna señorita de sociedad. No necesitaba vestir costosos trajes, ni calzar refinados zapatos; solo necesitaba escribir y actuar, estar en las butacas de un teatro, el escenario era su único y verdadero amor, además de su madre.

---

2 Antiguo cine en Santiago.

Era un hombre sin máscaras, solo dedicado a sus estudios y a sus obras teatrales, convirtiéndose una de ella, *El Tony chico*, en un gran éxito cuando fue estrenada, evento al cual asistió Melania, quien, totalmente ajena a todo este mundo y sin entender demasiado el contexto o el argumento del espectáculo, se dejó deslumbrar por la novedad de estar en un verdadero teatro, donde aplaudió a rabiar a su querido don Tito, como cariñosamente le llamaban al artista de la familia y con quien había compartido tantas jornadas de estudio, de ensayos, de escrituras, donde la Melania le servía su leche caliente y lo mantenía alimentado durante sus magistrales jornadas creativas.

—Mami, por favor, dale permiso a la Mela para que me acompañe a la playa y cocine esas cosas ricas que nos prepara en la casa —demandaba Tito Heiremans.

—Pero, Titin… y ¿quién me va a cocinar? —señalaba la distinguida señora Lucienne, quien cedía ante la insistencia de su amado hijo.

Finalmente, don Tito lograba llevarse a la Mela a Isla Negra, lugar del litoral chileno, destino favorito del joven, que junto a su gran e inseparable amigo don Gregorio Amunátegui, estudiante de Derecho, pasaban días dedicados al arte y al estudio. Esta amistad se gestó desde la infancia, unida por el amor que ambos profesaban al arte en todas sus expresiones, principalmente por las letras, el teatro y también por el amor hacia la buena comida preparada por las virtuosas manos de Melania.

Todas estas instancias venían a la mente de la joven al ver a su patrón en el escenario, ambiente tan lejano a un quirófano, o a una consulta médica, donde todos, e incluso ella, se imaginaron ver alguna vez a don Tito, como un ilustre doctor.

Transcurrían los días, meses, años y no cesaba el trabajo, ni las finas cenas, ni los viajes a Isla Negra, Zapallar o Marbella. Los días libres, cuyas pocas horas destinaba a la visita de familiares, al biógrafo o a algún curso de corte y confección o moda, ya que entre todas las cosas que aprendió a apreciar también descubrió su preferencia por el vestuario, inspirada por los exclusivos atuendos que las elegantes damas, invitadas por sus patrones, lucían en cada comida o reunión social a las cuales eran invitadas. Convertida ya en una hermosa joven de 19 años, anhelaba lograr una semejanza lo más próxima posible a estas damas de sociedad, aunque siempre con la claridad en la distancia de clases que había entre la servidumbre y los patrones. Por mucho cariño que le demostraran, ella siempre sería la empleada, o por lo menos ella así lo sentía.

No estuvo claro si para los Heiremans esta diferencia escondía algún sentido de superioridad, ya que para ellos resultaba parte de su vida el contar con personas a cargo de las tareas de la casa. Así debía ser, no por ser más o menos que ellos, sino porque no conocían otra forma de vivir.

La inquieta vida y con mucho trabajo ya era parte de Melania, y así transcurrió el tiempo hasta que tuvo la posibilidad de tomar merecidas vacaciones, que fueron propiciadas por su patrona. Ella ni siquiera había reparado en la necesidad de descanso, para ella era normal trabajar, salir los domingos, pero ausentarse por más de una tarde no era algo que ella exigiera. La verdad es que nunca exigía nada.

«Niña, ya es tiempo de que tomes vacaciones y visites a tu gente». Un mes libre y con dinero fue la propuesta de la señora Lucienne. Preparó una pequeña maleta y emprendió viaje a su recordado Ninhue, donde esperaba hacer feliz a su Taita con su inesperada llegada.

Una maleta con algunas pertenencias, pero cargada de regalos para su querido tío Saturnino y de ilusiones por el reencuentro que añoraba hacía tanto tiempo. En su maleta también algo de temor, después de todo su partida no había sido nada amigable, sin despedida, sin una explicación, sin un abrazo. Solo partió.

No sabía cómo reaccionaría su querido tío, pero ella sabía que deseaba abrazarlo fuerte, llenarlo de besos y obsequios; contarle todo, todo lo que había vivido desde que se separó de él, y lo más importante: pedirle perdón por todo el dolor ocasionado con su partida.

Llegó a su pueblo con el corazón apretado. Estaba algo distinto; después de todo, habían pasado algunos años, pero el aire y su aroma a leña seca, a pan recién sacado del horno, a campo, a yerba húmeda, seguían siendo parte inconfundible de su tierra querida.

El trayecto desde Ninhue al campo en carreta con yeguas le trajo los recuerdos de su infancia, donde los paseos hacia el pueblo eran anhelados y disfrutados por la niña. La misma sensación de felicidad que sentía al volver a su campo, pero ahora ya no como una niña traviesa e inocente, sino convertida en una señorita de ciudad, hermosa y más refinada, tal como lo había soñado desde su más tierna infancia, cuando contemplaba a las visitas que venían desde la ciudad con sus vestidos repolludos y su calzado sin polvo y sin estiércol de vaca.

Así llegaba ahora la Melania, y en ese mismo momento pudo ver con claridad lo que había conseguido durante los años transcurridos, lo que pudo lograr gracias a la decisión de partir lejos de su tierra, fortaleza adquirida gracias al sufrimiento, experiencia por el trabajo realizado, coraje por los golpes recibidos. Sabía leer, escribir, sabía de teatro, de danza, sabía de música, de pintura, sabía de moda, de modales, de fiestas elegantes, de gente culta y distinguida, de gente buena y gente mala, sabía de comida fina o gourmet, como se le llama ahora, muy distinta de la que se preparaba en su cocina de adobe… pero ¿más sabrosa? No creo. Sabía distinguir la belleza, sabía de películas, sabía de trabajo y sacrificio, de mucha humildad, de respeto y sabía de gratitud por las buenas personas que la vida puso en su camino y por la oportunidad de dejar sus raíces, sin temor al fracaso, ni a la nostalgia.

La casa de adobe en medio de las viñas, pinos y cerros, lucían igual, nada había cambiado en el entorno a pesar de los años, nada en el paisaje, pero sí su tío, él había cambiado. Tenía su cabello blanco, su tamaño reducido. El tiempo y las penas marcadas en su rostro, el cual se iluminó y ruborizó al ver a su Biacha acercarse como una aparición, como en uno de sus sueños. Su corazón latió muy fuerte, su mirada nublada por las lágrimas que brotaron, cual olas que revientan inevitablemente en la arena. Así brotó espontáneo el llanto. Era como una imagen irreal, su niña, que casi no podía reconocer, estaba convertida en una hermosa joven, y nuevamente en casa.

Caminó lentamente, sin poder creerlo, sin la certeza de si era un sueño o una inesperada realidad. Quería abrazarla, dejando atrás toda la pena que le causó su partida, solo importaba que estaba de regreso, que no moriría sin haber abrazado nuevamente a su Biacha Chica.

Melania al verlo recordó y revivió todo el amor y gratitud que su «viejo» le inspiraba, lo vio caminando lento hacia ella, ya no con la agilidad que lo caracterizaba, pero con la misma mirada llena de ternura como cuando era una pequeña niña y solo le entregaba amor y protección. La abrazó y la llenó de besos y cariños, ni una palabra entorpeció ese momento. No eran necesarias, con ese abrazo todo estaba dicho, estaban juntos. Era lo único que importaba.

Luego de conversar por largas horas, de contar todas sus vivencias, sus logros, penas y alegrías, y de entregar todos los regalos con los que Melania quería regalonear a su tío, comenzaron a pasar los días y los paseos por el campo cobraron un valor incalculable, como también las visitas a sus coterráneos y amigos de infancia, los galopes a caballo que no se hicieron esperar. Sus parientes pudieron admirar el cambio experimentado por esta Biacha, conocida por su carácter tan particular.

Encuentros inesperados formaron parte también de estas vacaciones, llenos de reencuentros y de historias. De visita en casa de su tía Berta, a la cual tanto colaboró en el cuidado de sus hijos cuando ella debía trabajar cantando en las fiestas campesinas. Pudo apreciar que los niños habían crecido y al verlos tuvo sentimientos de alegría, mezclados con la tristeza de ver a su tía Berta totalmente dependiente de una silla de ruedas y los niños, ya convertidos en adolescentes, dedicados solo al duro trabajo del campo y a la atención de su madre.

Ricardo, aquella guagua que cargó y mudó tantas veces, no le sacaba la vista de encima, con ya 11 años de edad y sin saber nada del amor sintió su corazón agitado y sus mejillas enrojecidas. Escondido en un rincón de la casa, no dejaba de contemplarla, tan alta, tan linda, no sabía cómo definir ni describir todo lo que Melania le inspiró al verla después de tantos años. Este pensamiento lo guardaba solo para él, como un tesoro escondido, que nadie, ni siquiera la Melania, debía descubrir.

En adelante y durante el resto de las vacaciones, Ricardo se las arreglaría para pasar la mayor parte del tiempo con Melania. Cabalgaban juntos, y él le obsequiaba lo único que inocentemente un joven de campo consideraba hermoso: flores silvestres, fruta recién cosechada, verduras de su huerta y largas jornadas de conversación junto al fogón de la cocina a leña.

Finalmente, se cumplieron los treinta días y Melania debía volver a su nueva realidad: su trabajo, su vida capitalina, el ruido, los autos, su elegante cocina. Se fue sin la certeza de que alguna vez volvería a ver a su Taita, y sin saber si volvería pronto o no, solo sabía que se iba nuevamente y esta vez llena de presentes entregados por su gente: harina tostada, huevos de campo, miel, pan amasado, todo lo necesario para extender por algunos días más los sabores de su tierra, pero, por sobre todo, regresaba con el corazón y el alma llenos de amor, de lindos recuerdos y con la satisfacción de haber abrazado a su Taita una vez más, habiendo saldado la deuda que había dejado insoluta con su querido tío cuando lo abandonó para irse a la capital.

Ricardo, por su parte, no se resignaba a la idea de no volver a verla, por lo que no vaciló en pedirle que se lo llevara con ella a Santiago, asegurándole que estudiaría y trabajaría para ayudarla y acompañarla. «Mira, Ricardo, eres muy chico todavía… cuida a tu madre y cuando seas más grande, yo te vengo a buscar y te llevo conmigo a Santiago». Lleno de ilusión, el pequeño Ricardo se resignó, soñando con el día en que ella volviera a buscarlo y podría cuidarla y amarla en silencio.

Por último, Saturnino nuevamente debía dejar partir a su niña, sin saber tampoco si la volvería a ver, pero con la felicidad de haber estado con ella. Estos días le devolvieron su alegría y lograron disipar la tristeza que le causaba el no estar con su Biacha y la incertidumbre de no saber si estaba bien o no, si lo recordaba o si lo habría olvidado. Ahora se podía morir en paz, su niña era una jovencita llena de sueños, algunos cumplidos y otros por alcanzar, pero aún más relevante, Melania había logrado convertirse en una persona independiente, capaz de sobrellevar la vida de buena manera. Era capaz de *ganarse sola los porotos*, tal como él le había enseñado. Sintió que cumplió su misión con la Biacha Chica, su niña había volado y había llegado a buen destino.

CAPÍTULO 5

LA TRAMPA

Hubo una compañera de infancia, pariente de Melania, que reapareció en su vida: Elva, con quien compartió muchos hermosos momentos en su campo, quien, movida también por sus aspiraciones laborales, llegó a trabajar en casa de inmigrantes turcos cuyo objetivo era hacer fortuna en Chile, que consideraban a su servidumbre no como personas que merecieran respeto y consideración como individuos, sino como parte de sus pertenencias, quienes debían servirles, sin exigir ni esperar nada más que la paga por su trabajo.

Lo anterior tenía como consecuencia un trato indigno, caracterizado por abusos y trabajo excesivo. Elva, sin derechos ni posibilidades de exigir nada, menos aun un mejor salario, silenciosamente le confió a Melania las condiciones en las que trabajaba y que por su necesidad no estaba en condiciones de exigir nada. La más mínima señal de disconformidad o rebeldía significaba perder su trabajo.

Elva, sin poder soportar en soledad tanto abuso, le insistió a su prima que renunciara a su trabajo en casa de los Heiremans y se fuera con ella para trabajar juntas, hacerle compañía y poder sentirse más empoderada ante sus patrones. Efectivamente estos necesitaban otra empleada y Melania estaba casi convencida, movida por el cariño hacia su prima y por el sufrimiento que veía en ella, así que no soportó más y decidió hablar con sus patrones para plantearles su situación.

Por su parte, la señora Lucienne nunca tuvo un buen concepto de los inmigrantes procedentes de Turquía, más bien sabía de los abusos a los que sometían a sus empleados. Tenía además la percepción de que eran comerciantes cuyas riquezas no habrían sido conseguidas con las mejores prácticas. En consecuencia, no tenía la mejor de las impresiones de las personas que podrían convertirse en los nuevos patrones de su apreciada Melania.

En eso estaba Melania, tratando de definir su futuro laboral, motivada por el dolor que le causaba ver a su parienta trabajando en esas condiciones, lo que llegaba más profundo aun, considerando que nunca tuvo problemas con sus patrones, muy por el contrario, siempre recibió un trato amable, de mucho respeto y reconocimiento por su trabajo.

Lucienne advirtió a Melania respecto de sus aprehensiones con sus potenciales nuevos patrones, no obstante se disponía a dejarla probar por un tiempo, ya que tenía la convicción de que regresaría. La idea era dejar que ella misma pudiera comprobar en el día a día estas advertencias.

Toda una confusión se volvió finalmente este asunto. Melania decidió no dejar su trabajo, haciendo caso una vez más a las advertencias de sus patrones, pero sí decidió retirar a su prima de este trabajo para conseguirle empleo con algunas de las familias conocidas por sus patrones. Lo anterior gatillado por una paliza recibida por Elva de parte de sus empleadores, razón por la cual Melania no vaciló en sacarla de ese lugar. Para este efecto, ambas jóvenes decidieron llevar a cabo un plan. Melania iría a buscarla y Elva la esperaría con todas sus pertenencias dispuestas para abandonar la casa. Lamentablemente, los patrones se enteraron de las intenciones de la joven y planearon una contraestrategia con el fin de perjudicarla, pero no solo a ella, sino también a Melania, como una forma de venganza por el atrevimiento de la empleada al pretender a dejarlos sin servidumbre de un momento a otro.

Se contactaron con Melania, indicando que Elva se encontraba muy delicada de salud y que se requería de forma urgente su presencia. Melania acudió de inmediato. Al llegar, los patrones le informaron que la joven habría sido trasladada de forma urgente al hospital, aquejada por una dolencia estomacal, pero que ya se encontraba estable y regresaría a la brevedad. Fueron muy enfáticos en que Melania se quedara a la espera de su parienta, dado el delicado estado de salud de la joven y la insistencia de esta por verla.

El reloj marcó una hora y algo más de tiempo y Elva no llegaba; los que sí llegaron, al cabo de este tiempo, fueron carabineros con instrucciones de arresto en contra de Melania, acusada de complicidad por el robo de dinero y joyas desde la casa, que habría sido ejecutado por Elva con la ayuda de su prima. Melania nuevamente, y sin ninguna intención más que de ayudar, era víctima de un engaño y de abuso de poder, que en esos años era tan común. Los patrones creían tener una total autoridad y superioridad por sobre sus empleados, conducta abonada también por las autoridades, que no dudaban en las palabras de una familia con dinero sin escuchar a los más desvalidos.

Fue arrestada, esposada, sin derechos y sin opción más que aceptar lo que estaba ocurriendo. Era una simple empleada campesina, acusada por gente con dinero. Nada que hacer, ni qué decir a su favor, nadie le creería, de nada serviría resistirse. La impotencia la carcomía mientras era trasladada a la jefatura de policía más cercana, donde pudo encontrarse con Elva.

Para estas malas personas todo había resultado perfecto. El arresto de estas jóvenes, privadas de libertad y tratadas como delincuentes, representaba un final perfecto para un par de empleadas insolentes que pretendían abandonar la casa de sus patrones, sin una explicación, repentinamente y con la intención de desacreditarlos en su calidad de empleadores.

Entre rejas, con frío y con toda la vergüenza por una acusación, que solo ellas sabían que no era cierto, soportaban las miradas y comentarios de todos quienes estaban en esa comisaría. Las apuntaban como empleadas guasas, brutas y ladronas. La soledad, la tristeza y la preocupación por la falta de comunicación con sus patrones, que sabía estarían esperando por ella, angustiaba aun más a Melania, con la incertidumbre de no saber cómo reaccionarían ante esta grave situación.

Efectivamente, los Heiremans no comprendían la tardanza de la Mela, ella nunca se tardaba y jamás llegaba posterior al tiempo acordado. Con seguridad no estaba bien, algo le había sucedido. Decidieron contactar a la casa donde se suponía estaba Melania. Se les informó que Melania habría sido cómplice de un robo, por lo cual se encontraba detenida.

Lejos de perjudicar la imagen de su empleada, los Heiremans reafirmaron el mal concepto que tenían de estas personas, ya que en ningún momento pusieron en duda su inocencia, la conocían desde que era una niña, conocían su integridad, sus buenas intenciones y que jamás habría sido capaz de maniobrar un robo. «De inmediato me indicará dónde se llevaron a la Melania y a su prima, de lo contrario, ¡tendrán graves problemas!», señaló con firmeza Eugenio Heiremans. «¡Ustedes han acusado injustamente a estas niñas solo para perjudicarlas y eso en Chile es un delito!».

De inmediato se realizaron los contactos de rigor para liberarlas, lo cual no fue muy difícil, considerando los importantes contactos con los que contaba la familia, que les permitió liberar sin demasiadas complicaciones a las jóvenes.

De Elva no se supo mucho más, solo que volvió a Ninhue, recordando este terrible episodio como una amarga experiencia, pero a la vez reconociendo con profunda gratitud lo que su prima hizo por ella, exponiendo su imagen, su empleo y su integridad por ayudarla. Supo también reconocer la injusticia y el abuso de gente que se cree con derechos legítimos por sobre otros, solo por tener más plata y en consecuencia más poder por sobre los más humildes que no cuentan con recursos, ni contactos que los amparen.

La Mela, por su parte, valoró aun más que nunca lo que tenía. Contaba con el aprecio de sus patrones, con su respeto y su confianza a toda prueba. Se habían convertido en su nueva familia, quienes le habían entregado muestras de cariño y protección. Eran, sin duda alguna, parte de ella y ella parte de los Heiremans, así había quedado demostrado.

CAPÍTULO 6

AL FIN, EL AMOR

El trabajo y el aprendizaje diario de nuevas cosas, como la excelencia que debía estar presente en sus preparaciones, las cenas, las visitas ilustres, quienes a toda costa tentaban a Melania para que se fuera a trabajar con ellos, pero ella con una convicción y lealtad a toda prueba jamás volvió a imaginar siquiera la posibilidad de dejar a sus queridos patrones aunque la paga fuera mejor, aunque le ofrecieran miles de cosas atractivas, nada podía superar el cariño y la gratitud que ella sentía. El dinero sin duda no era lo que movía sus acciones, todo lo anterior la hizo valorar las cosas que estaban más allá del dinero.

Convertida en una atractiva joven, con ganas de divertirse y de mirar más allá de su vida laboral, sintió la necesidad de descubrir más de sí misma, gestando sus propias decisiones. Tenía ganas de equivocarse y de acertar, como lo haría cualquier otra joven de su edad.

Algunas salidas de fin de semana con sus amigas, quienes trabajaban para otras familias, que en sus días libres aprovechaban para socializar con sus pares, compartiendo experiencias, semejanzas entre sus patrones y haciendo confesiones de algunas intimidades descubiertas en el día a día, las que resultaban ser un tema de conversación muy sabroso y lúdico.

Alguna que otra salida nocturna, sobre todo en tiempos de vacaciones, donde las trabajadoras se reunían cada verano, siendo las playas más exclusivas del litoral central los puntos de encuentro. En verano, las quintas de baile se convertían en la principal atracción, que esperaban a la clase trabajadora cada noche, dejando atrás las largas jornadas de trabajo a disposición de sus patrones, de sus hijos y amistades.

No faltaron los pretendientes, los pololeos de verano e incluso, algunos más osados, con peticiones de matrimonio, prometiendo liberarlas del «yugo» del trabajo y una vida sin necesidades. Melania, por su parte, sin vacilar en su convicción, no cedía ante la tentación del amor ofrecido por algún apuesto caballero. Su fin era ser una mujer independiente. El amor y el matrimonio no estaban en sus planes. Toda su vida de trabajo, de sacrificio, de sufrimientos, se alejaban absolutamente de la dedicación exclusiva a un hombre o a una familia propia, por lo menos, no en ese momento. Recibía cada declaración de amor como un halago, pero nunca las tomó como propuestas para considerar en su vida. Para ella su mundo, hasta ese momento, lo constituían su trabajo y sus patrones. Esto era lo único verdaderamente importante, lo demás era solo parte de unas divertidas vacaciones.

Los compromisos sociales y las obligaciones diplomáticas de los Heiremans hicieron necesaria la contratación de más personal que colaborara en el demandante trabajo que significaba mantener el orden y el aseo de la enorme casa, como también mantener el estricto protocolo de las jornadas sociales de la familia.

Un mayordomo más era necesario. La llegada de un joven de tan solo 21 años fue la solución. Procedente también de la región de Ñuble, de una localidad llamada Ñipas, ubicada hacia la costa de Chillán, este pequeño pueblo se caracteriza por sus viñas, cercano a Quinchamalí y bañado por las aguas del río Itata. El hombre tenía un alma campesina y llena de tradiciones, forjada por un profundo arraigo a su tierra y con las mismas ganas de lograr un futuro mejor, aunque lejos de los suyos.

Llegó a casa de los Heiremans una fría mañana de agosto, recomendado por una de las trabajadoras de la casa, que vio en su sobrino carnal una excelente opción para tomar el cargo requerido. Palmira Lavanderos, mujer campesina, conservadora y muy apegada a los mandamientos católicos, fue criada por una congregación de monjas en Santiago. Su vocación siempre de servicio, de extrema pulcritud y de una estricta disciplina en todos los sentidos de la vida. Nunca se casó, su vocación de servicio y de trabajo solo le permitía dedicarse de lleno a sus labores y a ayudar a cuanto familiar proveniente del campo pudiera acoger. En consecuencia, era el perfil ideal requerido para mantener la limpieza y la disciplina que debía tener una empleada en la casa de los Heiremans, lo que la convirtió en una trabajadora considerada y respetada, razón por la cual la credibilidad respecto de las cualidades del postulante al cargo requerido nunca fue puesta en duda y, muy por el contrario, este fue aceptado aún sin haberlo conocido.

Se trajo finalmente al chiquillo a Santiago. Mario se llamaba, Mario Lavanderos Jaque, sobrino preferido y muy querido. Trabajador, responsable y bien parecido, con la entereza y carácter de un hombre de campo, un prospecto ideal para el trabajo al cual llegaba.

Fue recibido con mucho respeto y consideración por sus nuevos patrones. Como era lo habitual, se entregan todas las instrucciones, fue presentado a la familia y a los demás empleados, indicando las responsabilidades de cada uno y el funcionamiento de la casa, sus normas y sus costumbres. Mario se mostró sorprendido y motivado ante todo este mundo nuevo, lleno de protocolos y cosas lujosas, que le eran totalmente desconocidas, pero sobre lo cual deseaba seguir aprendiendo y descubriendo.

Conoció también la buena cocina a través de las deliciosas preparaciones de la cocinera a cargo. Estas comidas no se parecían en nada a las que él disfrutaba en su casa de Ñipas, sin duda eran sabores nuevos preparados con mucha dedicación. Y aunque nada tenían que ver con sus abundantes platos degustados en su campo, podía encontrar en ellos la misma calidez, la misma dedicación y el cariño que encendían la nostalgia por su pueblo, la pasión por sus viñas, por su hermoso río Itata y por los inconfundibles aromas y sabores de los membrillos que crecían en su tierra, cual maleza entre los arbustos.

Tal vez esta cocinera de nombre tan particular, que parecía tan lejana, pero a la vez tan querida y considerada por los patrones, no era tan distinta ni lejana a sus añoranzas de calor de hogar que emanaba de ella. Por lo demás, estaba bien buenamoza la mujer, pensaba Mario. Melania no le era para nada indiferente, más bien le resultaba muy cálida y atractiva.

La vio por primera vez el día en que llegó a trabajar y sin haber comido nada. La ansiedad de llegar a la capital y un nuevo trabajo evidentemente diferente a todo lo que había hecho antes en su vida no le permitieron tragar nada, por lo que de mil amores decidió aceptar la invitación a almorzar extendida por sus recién conocidos, compañeros de labor, quienes de inmediato destacaron las habilidades culinarias de Melania, alentándolo a probar los almuerzos de esta prodigiosa mujer, que aunque en esa oportunidad no tenía nada tan especialmente preparado, el delicioso aroma de la cocina y del plato de carbonada recién terminada, además de saciar su hambre, le llenó el corazón de una alegría e ilusión que no supo describir. Sus compañeros disfrutaban su almuerzo, sin cesar en su afán de halagar la buena mano de Melania.

—Si hasta las sopas de pan le quedan buenas a esta Mela…, vas a ver que en un par de semanas estarás gordito, tal como nos tiene a nosotros.

—No exageren, chiquillos… lo único que hago es poner harto cariño en mi trabajo, nada más. Ese es todo el secreto —señalaba Melania, como disculpándose por tanto cumplido recibido.

Mario no dejaba de saborear su comida, pero tampoco dejaba de sonrojarse cada vez que ella le dirigía la palabra o le servía nuevamente otro plato de carbonada. La sensación de estar en casa se hacía cada vez más real y se acentuaba aún más si estaba cerca de ella.

En poco tiempo, el joven se convirtió en un buen y considerado empleado, respetado por sus pares y patrones. Desempeñaba con responsabilidad y esmero su trabajo, poniendo todo su esfuerzo por aprender cada día algo más, por ganarse la admiración de sus compañeros y sobre todo de una en especial.

Melania, por su parte, continuaba con su única fijación: trabajar, juntar dinero y continuar tomando sus clases de moda. Alguno que otro pretendiente, entre los cuales no faltaban los más osados con intenciones matrimoniales, querían llevar a Melania al rutinario mundo de una ama de casa. El primer intento fue realizado por un carabinero, que luego de algunos meses de invitaciones y salidas de domingos, se sintió con los derechos suficientes para pedir la famosa «prueba de amor». Melania sin poder creer lo que estaba escuchando y sin tener ningún problema en ponerlo enseguida en su lugar, le dijo:

—Pero ¿qué te has imagina'o? ¿Que por llevar uniforme y aceptar pasear contigo puedes faltarme el respeto y hacer lo que quieras? No quiero verte nunca más. Ahí tienes tus cartas, tus regalos... y mándate a cambiar... —lanzando todas estas cosas en la cara de su enamorado, dio por terminado este episodio, demostrando que era una mujer en todo el sentido de la palabra.

El respeto por ella misma estaba por sobre todo lo que la pudiera encandilar.

Y siguió su vida, cuya única distracción eran las salidas de fin de semana con sus compañeras y compañeros de trabajo; alguna quinta de baile u ocasionalmente al cine, en especial cuando se pasaban películas de su ídolo de toda la vida, Raphael de España, a quien admiraba y a quien siguió con especial devoción. Melania no era de gustos muy variados, solo un artista favorito, solo un trabajo de casi toda su vida, solo un verdadero amor.

Mario se incorporó al grupo de salidas, las cuales comenzaron a ser cada vez más frecuentes y el descubrimiento de ambos fue evidente. Este joven con rasgos de timidez, respetuoso, muy caballero y nada mal parecido, logró despertar en Melania sensaciones que no había experimentado nunca: vergüenza, alegría y coquetería. La compañía de Mario se hacía cada vez más necesaria, tanto en las salidas grupales de fin de semana como en las jornadas de trabajo, las cuales se hacían más gratas y motivadoras. Contemplándolo, era evidente que se despertaban en ella nuevas sensaciones y sentimientos… definitivamente se sentía distinta, se sentía como una mujer, descubriendo que había más cosas que lograban incentivarla, ya no solo su trabajo, sino un hombre, lo cual se resistía a admitir, pero que pronto no tuvo más remedio que aceptar.

La declaración de amor no demoró mucho más en llegar, y una hermosa relación se comenzaba a gestar y a marcar el destino de ambos. No fue sorpresa para sus compañeros, ni para sus patrones la unión de esta pareja, que se formó bajo el alero de las labores en casa de los Heiremans. La admiración mutua entre estos dos jóvenes resultaba evidente para todos quienes los rodeaban.

El talento indiscutido de Melania en su trabajo, la humildad de Mario, la dedicación de ambos hacia sus respectivas labores y el respeto que se profesaban mutuamente fueron los elementos fundamentales para que surgiera el amor y la admiración entre estos dos personajes, originarios del campo, de alma tranquila, de buenos pensamientos, que solo se dejaron llevar por sus nuevas sensaciones, tan espontáneamente surgidas en sus corazones.

No era una relación muy normal, como se podría haber dado libremente entre dos enamorados, ya que las instancias de soledad, de intimidad, de entretención, no se producían con fluidez. Las salidas de los patrones eran aprovechadas como una oportunidad para dar rienda suelta a sus sentimientos. Melania, convertida ya en una mujer, dejando atrás la inocencia que le dio su niñez entre naturaleza y paredes de adobe, donde las crías nacidas eran casi «milagrosas», siendo absolutamente desconocida la forma en que las mujeres llegaban a embarazarse. Estos eran temas totalmente prohibidos para los niños y niñas de esos años. Todo estaba envuelto entre mitos y fantasías, con las cuales satisfacían las curiosidades de los menores, que no exigían más información de la que los adultos estuvieran dispuestos a entregar. La opinión de los mocosos y su *preguntadera* eran severamente restringidas. «Esos no son asuntos para los chicuelos».

Con esa misma inocencia inició una relación con el único hombre que de verdad logró seducirla en todos los sentidos. Lamentablemente no había muchas ocasiones para demostraciones de amor, ya que, o estaban de salida con sus compañeros o trabajando, o la casa llena de invitados. Ni pensar en la posibilidad de entrar uno en la habitación del otro; prohibido en forma absoluta, como una de las normas más estrictas de la casa. No obstante, no faltó el día en que los patrones no estaban donde no quisieron salir con sus compañeros, ni tampoco ir al cine, ni tampoco al parque, ni a la Plaza de Armas de Santiago, simplemente querían, como dos cómplices, estar solos, simplemente ya no querían seguir normas, simplemente querían entregarse el uno al otro, querían besarse sin restricciones, querían tocarse sin pudores, querían ser Melania y Mario, mujer y hombre, enamorados y amantes, durante todo el tiempo que Dios les quisiera regalar para vivirse mutuamente, para amarse y disfrutarse, como nunca antes.

Eran una verdadera pareja de amantes, su complicidad se podía percibir a simple vista. Los meses comenzaron a pasar y todo continuaba igual, solo que el amor entre ambos ya no se escondía ante nadie. Lo que sí se escondió, sin una causa evidente, fue el período de Melania. Su menstruación brillaba por su ausencia al pasar de los días y semanas, pero no fue motivo de alerta en ese momento, considerando que no era materia de la cual se hablara en forma regular y abierta, menos aún en este caso. Melania no tenía una hermana cerca, o una madre que la instruyera en estos asuntos, los cuales eran de exclusivo interés de mujeres y casi como un aspecto prohibido de abordar, a menos de que se tratara de una mujer casada o por casarse, ocasión en que las madres preparaban precariamente a sus hijas para estos menesteres que se venían obligadamente como parte de los deberes de la futura esposa. Estas conversaciones debían realizarse de la forma más discreta posible. No eran temas para hombres, y menos para menores.

Lucienne, su patrona, asumiendo el papel de madre, conversó con ella:

—Niña, ¿qué te pasa? Estás demacrada, pálida y cada vez más delgada. ¿Estás comiendo bien? ¿Estás durmiendo lo suficiente?

—No sé qué me pasa, señora. No me siento bien, y cada mañana siento náuseas.

—Mmm, ¿tu período te ha llegado con normalidad? Porque de no ser así… lo más probable es que tengamos novedades.

De inmediato el médico de la familia la examinó, confirmando las sospechas de su patrona. Dos meses de embarazo eran la causa de sus malestares, en siete meses más sería madre… a sus 22 años tendría a su hijo o hija entre sus brazos.

Mario, con un sinfín de sentimientos que casi no podía controlar (temor, alegría, incertidumbre, amor y mucha ansiedad) solo pensaba en que debía formar una familia con Melania, la madre de su futuro hijo o hija. Debía *responder como machito*, palabras que recordó a fuego cuando su padre le advertía de los peligros a los que se exponía si andaba de *lacho*[3] por ahí y no respetaba a las chiquillas. «La tentación es grande, Mario, pero si deja'i *preñá* a una hembra tienes que hacerte responsable, cabro».

Con esas palabras en su mente, con el amor que sentía por su Melania, con la ilusión de un joven que sería padre por primera

______

3 En Chile, coloquialismo para referirse al hombre galán y enamoradizo (*Nota del editor*).

vez, se decidió la fecha y los pormenores del casorio, el cual debía concretarse lo antes posible y con la mayor discreción. El embarazo antes del matrimonio no era, en esos años, motivo de demasiados festejos, ni de demasiada algarabía. Todo debía ser lo más solemne posible.

Los padrinos asignados, la patrona Lucienne y su amado hijo Luis Alberto Heiremans, don Tito, fueron los escogidos para acompañarlos en este momento que les cambiaría la vida.

Rápidamente se conversó con el cura de la iglesia Don Bosco, ubicada en plena Alameda santiaguina. El matrimonio católico se llevaría a efecto dentro de los próximos meses, con poca gente, familia cercana de los novios y los padrinos. Estos serían los únicos y exclusivos asistentes a la discreta ceremonia.

Llegó el día, los novios nerviosos, los invitados presentes, mientras la distinguida madrina daba los últimos retoques al sobrio y casi fúnebre vestuario de la novia… velo y vestido negros, de cuello, guantes, blancos y un discreto ramo de flores en el mismo tono, que daba un toque de nobleza al vestuario cuyo único objetivo era disimular el embarazo y en absoluto destacar a la novia. Mario llevaba un elegante traje del mismo tono oscuro, con impecables guantes blanco, bien engominado y muy serio ante el altar. Todo muy solemne, lo justo y necesario para celebrar esta unión, que a pesar de la falta de festejo y de color, no dejaba de ser un motivo de felicidad y de expectación para los recién casados y para quienes los acompañaron.

Del festejo no hubo mucho que decir, algo de vino y champaña, algo de comida, especialmente escogida para la ocasión, y como único recuerdo una fotografía tomada en blanco y negro a los novios en compañía del sacerdote donde destacaba la barriga de Melania, discretamente cubierta por las manos de la novia.

La luna de miel fue la instancia para presentar a Melania, ya convertida en la esposa de Mario, ante su familia, por lo que el destino del viaje fue Ñipas.

Mario y su joven esposa llegaron por primera vez como una

pequeña familia a este pueblo. Con casi cinco meses de embarazo, Melania conoció a su nueva familia. Al llegar en el tren ramal, desde Chillán al pueblo de Ñipas, la joven esposa pudo apreciar la hermosura del lugar, bañado por río Itata, que los acompañó durante todo el trayecto en tren. Las viñas con sus hojas verdes de diciembre, los membrillos luciendo su tentador y lustroso color amarillo, brillando con los rayos del sol que invitaban a saborearlos.

Al bajar del tren, cuyos vagones no solo trasladaban a sus pasajeros, sino también a patos, gallinas y a todo lo que se pudiera acarrear en estas máquinas, pudo apreciar con alegría que todo aquello le era muy familiar, ya que no solo se trataba de un típico medio de transporte, sino también de toda una experiencia tradicional de costumbres, aromas y de gente que aún vivía inocentemente inserta en un mundo campesino.

Fue recibida con todo el cariño que se merecía como una nueva integrante de la familia, que, además de ser la esposa del querido sobrino que llegaba de la capital, venía con un o una nueva integrante en su vientre, lo que hacía más necesaria la atención y el esmero que los parientes de Mario querían dedicar a la recién llegada.

Su tía Sara, el tío Luis y la madre de su marido, Amelia, la esperaban con ansiedad. Melania con su sencillez, humildad y disposición para colaborar en todo lo que fuera necesario, logró ganar el corazón y el cariño de todos, en especial de su suegra, quien le entregó toda la dedicación y cariño, casi comparable con el de una madre, solo que Melania no podía comparar, no conocía el trato ni las demostraciones de amor de una mamá, pero igualmente lo recibió y lo valoró como tal, considerando desde ese momento a su nueva familia como personas cercanas y en quienes podía confiar por el resto de su vida.

Se sintió totalmente enamorada de esas tierras. Su belleza, aromas, frutos y su gente la conquistaron, tan o más rápidamente que su propio esposo. Ahora podía comprender el motivo de esa atracción que surgió entre ambos, podía ver con claridad lo que había encontrado en Mario y pudo comprobar que las palabras que emanaban de su boca, al hablar de su querida tierra, eran verídicas y comprendió el amor que Mario sentía por su tierra.

Estas vacaciones en compañía de su marido y su nueva familia le devolvieron fuerzas y le renovaron el corazón para seguir trabajando y próximamente iniciar su labor como madre, lo cual deseaba con mucha ansiedad. Era su primera o primer hijo, producto del único amor que había conocido y con el cual estaba felizmente unida.

Ya de regreso en Santiago, los días comenzaron a transcurrir de nuevo en torno al trabajo y a su esposo. Claramente, Melania ya no era capaz de realizar todas las labores en las mismas condiciones, considerando su avanzado estado de embarazo. En cualquier momento llegaría la criatura, no obstante y obstinadamente, no dejó su trabajo hasta el último instante antes de parir.

Las contracciones ya no cesaban y eran cada vez más intensas. Por fin llegaría el tercer integrante de la familia, con la ansiedad de saber su sexo, que no tenía mayor importancia, lo que importaba era que naciera sanito o sanita.

Algunas horas de espera y una hermosa hembrita ya se encontraba en los brazos de su emocionada madre, que con lágrimas brotando de sus ojos por la alegría de ver a su guagua sobre su pecho descubrió que todo lo que había vivido hasta ese momento tenía sentido. Por fin algo solo de ella sería la razón por la cual seguir, luchar y ser feliz. Una hermosa niña de ojos rasgados y negros, que a partir de ese momento se convirtió en la razón para ambos jóvenes padres. Fue nombrada como su abuela materna, a la que nunca conocería, Beatriz Lavanderos Medina. Este nombre la recordaría y la mantendría viva en la memoria de esta pequeña que llegaba al mundo.

Mario, emocionado por su hermosa primogénita, solo quería protegerla y mimarla. Ya tenía su familia, ya era padre y debía hacerse cargo de su hija y de su mujer, razón por la cual decidió que Melania solo debía dedicarse a su hija y a él; ya no necesitaba seguir trabajando, era tiempo de ser mujer y madre.

CAPÍTULO 7

LA CASITA DE SOCOMETAL

En esos días don Eugenio Heiremans, don Pepe, decidió continuar administrando la empresa fundada por su padre, don Óscar Heiremans, quien había gestado una maestranza llamada SOCOMETAL, cuya actividad era la construcción de vagones para trenes. La empresa estaba ubicada en la comuna de Renca y contaba con un centenar de trabajadores, que constituían el principal activo de la compañía. La preocupación por el bienestar de los empleados era uno de los principales focos de atención del señor Heiremans.

Su hijo Eugenio sería el candidato indicado para seguir su legado; sus hermanas tenían otras preocupaciones y su hermano menor, por un fulminante cáncer al estómago, no pudo ganar la batalla ante esta enfermedad pese a los costosos tratamientos a los que fue sometido, tanto fuera como dentro del país, y falleció siendo aún muy joven. Esta situación tornó la vida de los Heiremans en una experiencia triste y abrumadora. Su madre, la señora Lucienne, sumida en una depresión muy profunda, no podía reponerse de este golpe. Era su hijo más mimado y consentido. Lo cuidó y se desveló por él hasta sus últimos momentos, era su Titin, su niño, que la dejaba sumida en una profunda tristeza, lo cual no le permitió volver a ser la misma durante mucho tiempo.

No obstante, hubo una chispa de alegría que iluminó sus días: la pequeña Beatriz Lavanderos, quien ya con casi 8 meses la conquistó con sus ojitos de uva, como tiernamente le llamaba su madre. Ya era tiempo de su bautizo, y su madrina no podría ser otra que la señora Lucienne, quien encontró en esta pequeña un consuelo ante su reciente pérdida. La distinguida señora tomó como ahijada a la niña, también como una forma de devolver a Melania todo el esmero y preocupación dedicado a sus hijos desde que eran unos niños, entregándoles un cariño genuino más allá de la preocupación que implicaba su trabajo. Melania les entregó amor sincero y los consintió tanto o más que sus propios padres.

Ante toda esta muestra de confianza y agradecimiento, producto de la lealtad recibida por parte de esta pareja de queridos empleados y ante la nueva familia recientemente conformada, la señora, en conjunto con su marido, ofrecieron a Mario el cargo de rondín en la maestranza SOCOMETAL, administrada recientemente por su hijo mayor, con el único objetivo de entregar mayor privacidad y un espacio tranquilo, donde la familia conformada por Mario, Melania y su pequeña Beatriz iniciaran una vida en forma independiente, sobre todo considerando que la reciente madre había decidido dejar de trabajar para dedicarse a la crianza de su niña.

En consecuencia, se les brindó la posibilidad de ocupar una pequeña casa que se encontraba al interior de la fábrica, ideal para el joven matrimonio, que, además de proporcionarles privacidad, le facilitaría el trabajo a Mario, ya que este no tendría la necesidad que alejarse demasiado de sus mujeres a causa del trabajo.

Le procuraron todas las instancias que les permitieran desarrollarse como familia en las mejores condiciones posibles. La aceptación de los Lavanderos Medina fue instantánea y, dejando atrás la casa de los Heiremans, donde se les dio la oportunidad de trabajar, de desarrollarse, de aprender, de crecer y donde además se conocieron y vivieron su amor libremente, decidieron iniciar una nueva etapa en un nuevo lugar y con un nuevo trabajo. Mario como rondín y Melania como dueña de casa, pero siempre al alero y protección de los Heiremans, quienes nunca los dejarían sin su apoyo.

Beatriz, con casi un año de vida, había conquistado el corazón de su padre. De hecho, era el principal motivo por el cual llegaba temprano a casa. Esperaba ansioso sus días libres para pasear con su pequeña y disfrutar en compañía de su familia.

Todo estaba bien, la vida les sonreía a ambos. No obstante, molestias estomacales comenzaron a alertar la salud de Melania. Al principio eran leves dolores, a los cuales no les prestaba mayor atención. Sus ocupaciones en casa y la demandante Beatriz no le permitían quejarse demasiado, ni menos visitar a un médico. Pero llegó la instancia en que los dolores no pudieron esperar, teniendo que ser trasladada de urgencia del Hospital del Salvador en Santiago, recomendada muy especialmente por los Heiremans, quienes preocupados por su querida Mela hicieron todas las gestiones para que recibiera una atención rápida y eficiente.

La vida de campo, el constante y estrecho contacto con los animales, le habían pasado la cuenta. El diagnóstico fue categórico: quistes hidatídicos, producidos por el contacto en forma constante con animales. Esta enfermedad estaba lejos de ser algo sin importancia, muy por el contrario, se trataba de un grave cuadro infeccioso al estómago que la mantuvo internada en el hospital con un inminente riesgo vital. Fue sometida a múltiples operaciones, las cuales no arrojaban resultados alentadores, a consecuencia de la gravedad de la enfermedad, desconocida hasta ese momento en Chile, haciendo aun más difícil la posibilidad de una recuperación.

Durante ese tiempo, Mario contó con la ayuda de sus patrones y de algunos familiares, quienes estuvieron a cargo de la pequeña Beatriz durante sus jornadas de trabajo. Para Mario, la vida se había volcado hacia su hija, su trabajo y las visitas al hospital. No eran para nada alentadores los diagnósticos de los doctores. Era real la posibilidad de no contar con una recuperación, por lo que las recomendaciones de los médicos eran prepararse para el peor escenario. No había esperanzas para esta mujer, y lo más probable era su deceso en el corto plazo. Mario estaba devastado, sin poder imaginar quedarse solo, sin su esposa y con una niña tan pequeña. Solo esperaba un milagro, aunque las esperanzas cada día se agotaban más.

Una tarde, al llegar al hospital con su hija en sus brazos, los médicos le informaron que su mujer había sufrido una crisis, que ya no había nada que hacer y que no pasaría de esa noche. Acudió a sus patrones, dándoles la lamentable noticia. De inmediato se contactó al sacerdote de la familia Heiremans para proporcionar el último sacramento a esta joven madre, que, según los médicos, no volvería a ver a su hija.

El sacerdote ya en la habitación de la desahuciada dio inicio a su ritual. Ante él, una deteriorada Melania, sin conciencia desde hacían algunas semanas, en extremo delgada, casi se podían ver sus huesos a través de la piel. Era inminente su deceso. La mujer yacía en esa cama y sin ninguna luz de vida en su rostro.

Un instante de rezos y señales de la cruz en la frente de la enferma... y de pronto todo comenzó a volcarse en esa habitación del Hospital Salvador.

Primero un dedo de la mano, luego la mano, luego un leve parpadeo... Melania comenzaba a retornar a la vida, sin explicación médica, solo sucedió... Estaba de vuelta, muy débil, sin fuerzas para sostenerse en pie, con demasiados kilos menos, pero con una enorme entereza espiritual y con unas enormes ganas de vivir, impulsadas seguramente por su amor de madre y por la fuerza que la misma vida le había entregado.

Sus primeras palabras: «mi guagua», señal evidente de una milagrosa recuperación. Poco a poco comenzó su proceso de rehabilitación y de sobrealimentación. Fueron necesarios varios meses en este proceso para lograr que Melania volviera a ser la mujer ágil que siempre fue.

Durante el tiempo de mayor gravedad en el hospital, ella solo deseaba volver a ver a su hija y recuperarse lo más pronto posible. «Lo único que quería era estar bien para ella; pensaba en mi hija, no quería que ella viviera lo mismo que yo viví: crecer sin su mamá, el amor de una madre no se compara ni se reemplaza con nada. Por ella debía seguir y luchar. Todos los días le rogaba a la Virgen del Carmen para que me sanara, que hiciera un milagro en mí… y lo cumplió, me devolvió la vida, aunque todos ya me daban por muerta», recordaba.

«La muerta resucit'a» era como la nombraban los doctores y el personal médico. El caso de la mujer que se recuperó milagrosamente era el tema en esos días en los pasillos del hospital.

Luego de algunos meses de rehabilitación, fue dada de alta. Todos despidieron con mucho cariño y admiración a «la muerta resucit'a» del Hospital Salvador. Todo un acontecimiento de perseverancia y de fe que en ese momento llegaba a su fin. Melania dejaba el hospital en compañía de su esposo y con su hija en sus brazos, totalmente recuperada y con muchas ganas de seguir y de recobrar el tiempo perdido junto a su familia.

Por fin todo volvía a la normalidad. Melania en casa, al cuidado de su hija. Mario de vuelta al trabajo y la vida comenzó a transcurrir nuevamente y los tres volvían a disfrutar de la vida familiar que tanto añoraban. No obstante, pronto dejarían de ser solo tres.

En uno de sus controles médicos, luego de su alta, le fue detectado un segundo embarazo, que fue motivo de preocupación por parte de los doctores, considerando que una de las instrucciones fue la de no concebir, por lo menos hasta que se encontrara en óptimas condiciones de salud y lo suficientemente fortalecida como para sobrellevar un embarazo de la forma más segura posible. Lamentablemente, el matrimonio hizo caso omiso de estas instrucciones y el segundo hijo ya venía en camino. Por fortuna, la criatura creció fuerte y al cabo de

8 meses nació una tarde de abril un niño robusto y sano al que llamaron Mario.

Así fue como llegó un nuevo integrante a la familia: Mario Lavanderos Medina, idéntico a su padre, quien creció aferrado a las polleras de su mamá. Inseparable y celoso. Sus primeros años estuvieron abrigados por los cariños y por la sobreprotección de su madre.

El matrimonio no cesó en su afán por aumentar la familia y fue así como un año más tarde, en una mañana de junio, nació una nueva integrante, una hermosa niña, a la que llamaron María Angélica. La más enfermiza de los hermanos, muy apegada a su madre, era paciente y regalona, recurrente visita de consultorios y médicos, pero nada de gravedad, aunque los trasnoches por las fiebres de María Angélica, los dolores de guatita o simplemente las ganas de llorar eran casi una rutina para sus padres. La familia ya era numerosa y todo comenzó a funcionar en torno a los niños y a su bienestar. Todo parecía andar bien. Melania dedicada a sus tres hijos, Beatriz, Mario y María Angélica, y por supuesto también a su esposo, que trabajaba ya casi de lunes a lunes... o por lo menos eso parecía.

De pronto todo comenzó a desmejorar. Como todas las cosas de la vida, nacen, crecen, se desarrollan y poco a poco comienzan a desvanecerse; así también el cuento romántico inició su final. Mario, siempre trabajador, dedicado como padre, pero ya no como esposo. Sus menesteres fuera del hogar comenzaron a dañar la relación: ya no era cariñoso, ya no estaba presente, pasaba poco tiempo en casa, solo dedicado al trabajo y en los fines de semana ya no existía en su hogar, solo llegaba a mudarse de ropa para seguir trabajando el día lunes y a esperar la llegada del otro viernes. En casa ya todo era motivo de molestia para él, hasta el llanto de sus pequeños hijos. Pero Melania, como buena hembra fuerte y protectora y gracias a ese carácter sin filtros, con el cual lograba imponerse ante cualquier amenaza o agresión, e incluso con mucha más fuerza, ahora empoderada como madre, se defendía de su esposo en ocasiones en que este se sentía con el derecho a propiciar alguna golpiza por cualquier motivo que despertara su furia. «Una sola vez trató de levantarme la mano, pero no le fue muy bien. Agarré lo primero que encontré y le di por la cabeza. Santo remedio: nunca más intentó pegarme».

Así se desvaneció el amor, así se descubrieron las caretas con el tiempo... y las personas se mostraron tal como eran, generalmente no como se esperaba. Amarse y respetarse para el resto de la vida dice el cura, pero al final todo se convierte en una pésima sorpresa. Era lo que usualmente sucedía en los matrimonios de esos años, donde la mujer poco y nada de derechos tenía, y el patriarcado era el absoluto dominante de la estabilidad emocional y financiera del hogar. No obstante, siempre existieron mujeres, aunque no muchas para la época, que lograban imponerse e ir en contra de estos estereotipos de matrimonios y de esposos autoritarios, que lograban salir adelante solas, sin la necesidad de un marido que las sometiera a sus voluntades y a sus estados de ánimo.

El amor se fue, quedando una unión que ya no era tal, pero que se mantenía en forma aparente. En esa época la separación era impensada: los matrimonios eran para toda la vida, aunque de pura pantalla. Además, «los hombres son hombres, son así, como animales, siempre buscarán mujeres. Es su esencia, pero no abandonan el nido. Es la mujer la que debe mantener unida la familia» aconsejaban a Melania amistades y familiares. Ella se mantenía erguida por sus hijos, aferrada a ellos y ellos a su madre, como advirtiendo que su destino estaría marcado por la soledad y el sacrificio.

La doble vida de Mario se hizo habitual y se convirtió en una necesidad cada fin de semana, de días festivos y días libres, donde la esposa y los hijos eran un estorbo. Todo giraba en su vida ya no en torno a su familia, sino al de una mujer que llegó a él gracias a unos amigos coterráneos de la zona de Ñuble. Muchos llegaban desde ese lugar, es decir, no era casualidad encontrase con amigos y familiares que también venían a probar suerte a la capital. Comenzó así el romance que lo envolvió y lo alejó de lo que debía ser su única preocupación. Solapado por este grupo de amistades, cuya casa cada fin de semana se convertía en el lugar de encuentro de la clandestina pareja. Este hombre comenzó a vivir algo que no conocía hasta ese momento: fiestas, amigos, diversión, sexo... todo muy atractivo para un campesino joven que había crecido en medio del campo, sin conocer más que sus viñas, su río y sus festejos en familia, celebrando vendimias cada otoño y nada más. Ante él se abría un mundo lleno de cosas nuevas y deslumbrantes.

Todo este descubrimiento sería solo un espejismo, ya que sería este el que lo llevaría a su fin. No tuvo mucho tiempo para darse cuenta de que aquello era solo un resplandor momentáneo, no tuvo tiempo para madurar, para darse cuenta de que lo verdadero estaba lejos de todo ese brillo que lo encandiló y no le permitió ver el abismo en el que todo terminaría.

Un fin de semana más llegó, pero no fue uno más. Una mujer, en cuya casa se realizaban los encuentros de Mario con su amante, llamó en forma urgente al teléfono de SOCOMETAL, informando que Mario había sufrido un accidente y que era urgente que su mujer fuera por él. Los maestros de la fábrica, quienes recibieron la llamada, de inmediato acudieron a dar la terrible noticia:

—Señora Melania, su marido tuvo un accidente y tiene que ir por él, rápido, porque de lo contrario se muere.

Sintió un calor que quemaba su pecho, el presentimiento de lo peor de inmediato inundó su corazón y su mente. Sin pensarlo, y dejando a sus hijos a cargo de los trabajadores de la fábrica, salió en busca de su marido. No importaba por qué estaba ahí, no importaba que no hubiera llegado una vez más a casa. Solo importaba llegar pronto a buscarlo y saber cómo estaba y ayudarlo. Era el padre de sus hijos, era el hombre que aún amaba a pesar de todo.

Finalmente llegó a su destino y ahí estaba Mario, sobre una cama. Se acercó, lo miró, lo sintió, le habló, pero su cuerpo, su semblante, no era el de su Mario. Nunca había estado ante un cuerpo sin vida, pero al verlo era evidente que tenía ante ella a su marido muerto. La causa: una supuesta «caída», golpeando su cabeza contra el suelo. En efecto tenía un evidente golpe en su cráneo, pero lo que no estaba claro era el origen de esta caída, que no habría sido accidental, sino ocasionada por las mismas personas que estaban con él. Una mesa con cartas de póker tiradas, vasos con resto de licor, evidenciaban el escenario de una jornada de juegos. Su desafortunado marido era quien se llevaba la delantera, todas las partidas de esa noche habían sido ganadas por Mario, una tras otra. Esto habría despertado la furia sin límites de sus compañeros de juego, furia exacerbada producto de la euforia por el exceso de alcohol. No hubo intención de asistirlo ni de llevarlo a una urgencia luego de haber caído y golpeado su cabeza contra el piso de cemento. No hubo asistencia de ningún tipo, solo lo dejaron morir y avisaron a su mujer para que se hiciera cargo del «problema».

Melania dejó esa casa, con su marido muerto en una fría ambulancia, sin hablar, sin reclamar a nadie la muerte de su compañero, solo pensando en la maldad de quienes lo dejaron morir, solo pensando en los motivos de esta repentina muerte. Seguramente estaba con ella, con la mujer que lo arrebató de su vida, pero, más aun, pensando en que la criatura que llevaba en su vientre no conocería a su padre. Con siete meses de gestación, debía ser fuerte y seguir adelante por ella misma, por sus hijos y por el que estaba por nacer, pues ahora estaba otra vez sola, pero con una fuerte lucha por delante: criar a sus cuatro hijos sin el padre.

Llegó el momento de la despedida definitiva, es decir, todo el tortuoso proceso de velar y enterrar a Mario. Todo muy confuso, mucha gente que nunca había visto. Los niños hacían preguntas propias de su inocencia en este tipo de situaciones, tan difíciles de explicar. Cómo le decían a un niño que en ese cajón yacía el cuerpo de su papá muerto y que toda esa gente desconocida estaba ahí para acompañarlos por la pena de verlos sin un padre a tan temprana edad y ver a una mujer sin su apoyo, sola con tres hijos pequeños y un cuarto en camino, que no tardaba en venir al mundo.

Pero no solo la pena y el desconcierto se podía percibir, sino también la rabia e impotencia que sentía Melania ante la presencia de una mujer desconocida, que lloraba desconsolada, cuyo dolor se percibía en forma mucho más exacerbada que el de ella misma. Se trataba de la mujer con la cual Mario pasaba sus días libres y horas de infidelidad y por la cual había perdido a su esposo, mucho antes de su muerte. El descaro de la amante no tuvo límites. Tanto fue su llanto y demostraciones de dolor que la viuda decidió abandonar el lugar del velatorio, buscando evitar un escándalo frente a sus niños, que nada de culpa tenían y no podía exponerlos a un mal momento, para lo cual ella tuvo que contener sus deseos de sacarla a punta de palos y de desfigurarle la cara a cachetadas. Pero a pesar de su rabia, su orgullo, el respeto por ella misma y por sus hijos, la hizo actuar con cordura y dejarle todo en manos de Dios. Como decía siempre que tenía alguna pena que no pudiera controlar ni evitar: «Hay un Dios que está mirando y un día todos los que me causaron este daño van a pagar por el dolor que le ocasionaron también a mis niños. Pero por ellos voy a ser fuerte y voy a salir adelante. A mis chiquillos nada les va a faltar».

CAPÍTULO 8

SOLEDAD OTRA VEZ

Siete meses de embarazo tenía al quedar viuda con solo 27 años. Joven aún, pero con muchas experiencias vividas que la convirtieron en una mujer con una gran carga emocional, con mucha resiliencia, cuando aún no cumplía 30 años. Capaz de enfrentar lo que viniera, tal vez no con tanta sabiduría, pero sí con la fortaleza de una hembra que lucha por sus cachorros y los defiende de todo y de todos.

Con esa fuerza llegó su cuarta hija, a la que llamaría Eugenia, principalmente en honor a don Eugenio Heiremans, su patrón al que consideraba un padre, y del Tránsito, en recuerdo al padre de la pequeña Eugenia, su difunto esposo. «Que tenga algo de su padre esta chiquilla; ya que no lo conoció, que lleve su nombre siquiera».

Eugenia del Tránsito Lavanderos Medina, la última de la camada Lavanderos, y vale la pena quedarnos un instante en este episodio, ya que su nacimiento no fue como el de sus hermanos, esta vez no había un padre que la recibiera en sus brazos, su madre estaba sola y viviendo aún el luto de su precoz viudez.

Melania desde el momento en que se vio sola nuevamente decidió volver a trabajar, sin importar su avanzado estado de embarazo. Había que seguir viviendo, los niños debían seguir alimentándose y viviendo dignamente, no había tiempo para llantos, ni lástimas, ni para autocompasión.

Cocinar era lo que mejor sabía hacer, y los Heiremans la emplearon en el casino de obreros de SOCOMETAL, donde cumplía su trabajo con excelencia, como siempre lo había hecho. No pensó en su estado, no hubo licencias, ni permisos; se guardó sus malestares, sus náuseas, tan propias de su estado, y cumplió como nadie su labor, ganándose una vez más el respeto y admiración de todos los trabajadores de la fábrica, que de alguna manera aportaron en el cuidado de esta mujer embarazada, que se hizo extensivo también a sus tres chiquillos que pasaban los días solos cuando su madre debía trabajar. El entretenimiento de los pequeños era entre los fierros y vagones de la fábrica, entre los canales de ácido, con el cual se pulían los vagones, es decir, el riesgo para estos pequeños era enorme, razón por la cual los maestros, si bien estaban ocupados en sus labores, también destinaban tiempo en la vigilancia de estos niños, expuestos a tantos peligros. Pero nada que hacer, Melania tenía que seguir y nada costaba aportar en el cuidado de sus hijos.

Así llegó finalmente el día en que Eugenia quiso venir a este mundo, en forma abrupta y sin poder esperar, por lo que no hubo tiempo para llevar a Melania a un hospital.

Un buen hombre que también trabajaba en la empresa, a quien llamaban «practicante», que en la actualidad sería algo comparable a un paramédico, fue quien se dio a la tarea de ayudar en el parto. «Váyase pa' su casa, Melania; se lava, se acuesta, que yo traeré a su chiquillo o chiquilla al mundo. Confíe en mí y en Dios. Todo saldrá bien», aseguró don Moisés Alarcón, el practicante de la fábrica, que por primera vez tendría la misión de traer a un crío al mundo contando solo con sus básicos conocimientos adquiridos en su trabajo, atendiendo a los trabajadores por algún accidente laboral. Este buen hombre vio a esta joven madre sin otra opción que su ayuda y no dudó en encomendarse a esta maravillosa, pero difícil tarea.

Melania se entregó totalmente en las manos poco experimentadas de don Moisés. No había más que hacer. Sola con su partero en casa, al interior de la fábrica, un crucifijo que la acompañaba desde el día en que se casó con Mario y una imagen de su venerada Virgen de Carmen como únicos testigos. Los niños fuera de la casa, al cuidado de los obreros. SOCOMETAL, paralizada y expectante por el nacimiento que se venía; todos fueron un poco padres nerviosos ese día, nadie sabía si esa criatura lograría nacer sana y salva, ni tampoco si la madre sobreviviría a este parto, que en la ciudad no era frecuente; para eso estaban los hospitales, nadie imaginó que en medio de una maestranza de vagones de trenes nacería una criatura. Así, a la buena de Dios no más.

Echada en la cama, con su mirada perdida en el techo, sus manos agarrotadas de tanto apretar las blancas sábanas dispuestas para el parto, con las contracciones que venían cada vez más intensas y con el dolor solo soportable por el pensamiento fijo de su cría o crío que ya venía. Finalmente escuchó el llanto de su cuarta hija. «Ya, Melania, ya, ya… ¡nació tu chiquilla, es una morena y sana señorita!» exclamó Moisés, quien con el llanto en su garganta y con un sentimiento de júbilo y satisfacción entregó la criatura a su madre luego de cortar el cordón, en señal de haber cumplido con su deber como un buen samaritano y como un buen hombre. Con una experiencia en su cuerpo, que nunca olvidaría y de la cual se sentiría orgulloso toda su vida, se había ganado el regalo y la bendición de traer a un ser al mundo. Simplemente se transformó en el héroe de SOCOMETAL y en el amigo más entrañable que Melania tuvo jamás.

El amor intenso por su hija que vivió en su vientre el momento más doloroso de su vida, la muerte de su esposo, la sostuvo. La niña se había agarrado a sus entrañas y nació sana, fuerte y valiente como su madre. Crecería con la imagen de un padre que nunca conoció.

La criatura llegó finalmente, ensangrentada, pero con un fuerte llanto que evidenció su nacimiento a todos los trabajadores que se encontraban cercanos a la casita donde Eugenia del Tránsito nació. Sus hermanos, aún muy pequeños, solo entendían que su mamá estaba en casa con don Moisés, quien la cuidaba porque estaba enferma. Al entrar y ver a su mamá con la recién nacida en sus brazos comprendieron que esa niña tan pequeñita era su hermana y que a partir de ese momento debían cuidarla y protegerla.

Todo en la fábrica era un motivo de celebración, todos eran un poco padres, tías, tíos, madres de la niña, pero a la vez un motivo de preocupación y de solidaridad: cómo criaría esta mujer sola a estos cuatro hijos, se preguntaban. Aunque no eran muchos para la época, ya que las mujeres en los años sesenta solían tener todos los hijos que Dios les enviara, no obstante era difícil imaginar cómo una mujer sola, sin un marido, podría criar a estos niños sin pasar necesidades. A tanto llegó esta fijación, que no faltó quien quiso adoptar a la última niña recién nacida como una forma de ayuda a esta mujer aparentemente desvalida. «Mis hijos no son mascotas y no voy a regalarlos; yo soy capaz de luchar sola por ellos, y con ellos a mi lado». Nunca más nadie se atrevió a pedirle un hijo en adopción: sabían cuál era la respuesta y la entereza de esta madre.

Una mujer de origen mapuche fue la escogida para cuidar a los niños cuando Melania trabajaba. Como buena indígena, su temperamento no era de lo más dócil para cuidar a tres niños pequeños y a una guagua de solo meses, de la cual se dedicaba con mayor esmero. A falta de la leche materna de la madre, ella se convirtió en su nodriza, por lo que Eugenia crecía bien sana y robusta con la leche de la María.

Mucho disfrutó la pequeña Eugenia de los cuidados de su niñera, no así sus hermanos, en especial Mario y Angélica, que serían los más traviesos e incorregibles ante los ojos de esta cuidadora. Al no gozar de la empatía de ella, el trato recibido no era en absoluto el que debía ser, sobre todo considerando que no contaban con la protección de su madre, pues su trabajo se lo impedía.

Por su parte, Melania, en total desconocimiento del mal trato que esta mujer les propiciaba a sus hijos, solo se dedicaba a trabajar incansablemente e incluso los fines de semana. Todo se justificaba por la necesidad de dar a sus hijos el bienestar que requerían.

No obstante, este sacrificio tenía su recompensa. Su misma labor le permitía contar con comida sin dificultad, ya que todas las preparaciones que ella realizaba eran las que llevaba a su casa; siempre quedaba comida, la que estaba destinada para sus hijos. La leche nunca faltó, ya que los mismos trabajadores de la fábrica se encargaban de llevar botellas de leche fresca todos los días a la puerta de la casa de los niños. «Que no les fuera a faltar que comer a estos chiquillos» se preocupaban, conscientes del enorme esfuerzo que hacía esta joven mujer para mantener sola a sus pequeños.

El incansable trabajo sin duda trajo consigo consecuencias —además de exponer a sus hijos a los malos tratos de la cuidadora— en la salud de Melania. A pesar de su juventud y fortaleza, el estar casi todo el tiempo de pie, a causa del tipo de labor que realizaba, le ocasionaba heridas en sus piernas que le producían mucho dolor: úlceras varicosas, que debían ser curadas por ella misma, con una habilidad que consiguió con el paso del tiempo; las curaciones en sus piernas eran parte de su rutina nocturna. No había tiempo ni recursos para doctores. Una buena curación diaria y unas ajustadas vendas elásticas para proteger sus heridas eran suficientes para seguir trabajando.

Esta rutina en el cuidado de sus piernas la acompañarían por el resto de su vida, ya que a pesar de múltiples tratamientos, remedios caseros y un sinfín de medicamentos, las heridas volvían a aparecer. El reposo absoluto habría sido el remedio, según los médicos, pero aquello era un lujo que no se podía permitir.

El costo de su ardua labor diaria también implicó un costo para sus hijos, ya que además del poco tiempo que podían disfrutar de la compañía de su madre, los niños debían seguir soportando a la cuidadora, quien no les entregaba un cuidado digno y aprovechaba la libertad que le daba el trabajo, sin adultos presentes, para hacer uso de la pequeña casa como lugar de encuentro con su amante, sin considerar que los menores estaban presentes. Las demostraciones de amor propias de las parejas clandestinas eran presenciadas por los menores, situaciones que ellos, en su inocencia, no lograban comprender, pero que sin duda marcaron su niñez.

Ni pensar en contarles a su madre lo que sucedía cuando ella no estaba. La María a punta de amenazas mantenía cerradas las bocas de estos pequeños, que solo esperaban cada noche la pronta llegada de Melania, sintiéndose al fin protegidos y a salvo, a pesar del poco tiempo que podían disfrutar de su compañía hasta que llegaba la hora de ir a dormir.

La conducta y encuentros amorosos en la casa de los niños, por parte de esta mujer, fueron finalmente dejados en evidencia por algunos trabajadores de la fábrica, poniendo en alerta a la madre, que sin pensarlo sacó definitivamente a María de la casa, advirtiéndole la prohibición de acercarse a SOCOMETAL, de lo contrario la justicia se haría cargo por el delito de maltrato infantil.

Luego de esta amarga experiencia vivida principalmente por sus hijos, decidió no volver a dejarlos a cargo de nadie. Beatriz, la hija mayor, con ya casi ocho años, debió hacerse cargo de sus hermanos, incluyendo a Eugenia, que aún era muy pequeña.

Un hogar para niños huérfanos cerca de la fábrica sería el escogido para que los cuatro menores pasaran los días, recibieran educación y alimentación. Beatriz sería la encargada de trasladarlos diariamente. Los niños veían en ella el perfecto reemplazo de su madre ante sus dedicados cuidados, pese a su corta edad. Era considerada como la protectora y como un referente para sus hermanos menores. Lo que Beatriz decía, se hacía;

no había espacios para reclamos, ni pataletas. La ausencia de su madre y los traumáticos momentos vividos con su anterior cuidadora hicieron comprender, a muy temprana edad a estos menores, que no había más opción que obedecer, que no había tiempo para regaloneos, ni para travesuras, debían cuidarse prácticamente solos y aceptar su infancia como era: el papá no estaba y la mamá debía trabajar. Lo demás no existía para ellos, aunque sí para otros niños, pero debían aceptarlo. Sus vidas consistían en alimentarse bien, dormir y durante el día jugar, estudiar y pasear con sus amigos del hogar de huerfanitos y, por supuesto, obedecer a su hermana mayor, mientras llegaba la ansiada hora del reencuentro con su mamá.

CAPÍTULO 9

APRENDIENDO A LEVANTARSE

La juventud y empuje de Melania le permitían trabajar y cumplir cabalmente con sus labores, gestando muy buenas relaciones con jefaturas y compañeros. No obstante esta buena imagen proyectada, no la dejó alejada de sentimientos de envidia, despertados en algunas de sus compañeras de trabajo, ocasionando acusaciones falsas, de diversas índoles, cuyo objetivo era echar por tierra la buena imagen de la que gozaba.

Se había convertido en una mujer luchadora, despojada de cualquier tipo de vanidades, simple y espontánea, dedicada solo a sus hijos, con el don de cocinar como nadie. En su trabajo aplicaba todo el cariño y la sazón que aprendió en su cocina de barro, donde las restricciones no existían. Los comensales debían quedar bien satisfechos. Los platos eran servidos en forma contundente y con todos los aderezos que pudieran complementar el sabor de estos platos: un buen ají, un rico cilandro, harto ajo y, si el plato lo ameritaba, la chuchoca o la harina tostada no podían faltar.

En definitiva, los obreros y empleados de la fábrica eran casi su única familia y, como tal, debían ser bien atendidos.

Con todas estas cualidades, los peucos, como les llamaban en el campo a los pretendientes que rondaban a las muchachas, no tardaron en dejarse caer. A pesar de ver a esta mujer trabajar con su chiquilla de meses, abrigada en un cajón de tomates bajo el mesón de la cocina, acomodado para que la pequeña Eugenia pudiera descansar y dejara trabajar a su mamá, lejos de espantar a los enamorados, los atraía todavía más, por la admiración que generaba este esfuerzo. Su belleza, su juventud y sus exquisitas preparaciones eran dignas de constantes halagos. No los amedrentaba la posibilidad de cargar con cuatro chiquillos ajenos, sin duda la viuda era una tentación para muchos.

No obstante las atenciones recibidas constantemente de parte de sus pretendientes, tales como leche para sus niños, juguetes, entre otras manifestaciones de conquista y amabilidad, lejos de halagarla tenían a Melania al borde de su paciencia. «¿Qué se habrán imaginado estos peucos, que por verme sola, cualquiera se cree con el derecho de acercarse y de pretender que los meta a mi casa?»

En adelante cualquiera que quisiera hacerse el *amable* se encontraría con un absoluto rechazo, sin contemplaciones. Nada de perder el tiempo, no pretendía matrimoniarse nuevamente, ni tampoco darle padrastro a sus críos. Ella podía sola y lo había demostrado, no necesitaba de un macho en su vida que la mantuviera, no necesitaba nada más que su paz y la de su familia.

La dura experiencia que significó su matrimonio la endureció mucho más. Su aprendizaje de vida ya no solo se limitaba a su trabajo, a la lucha diaria por sobrevivir y a salir adelante, ahora con cuatro bocas más que alimentar su aprendizaje también tenía que ver con cuestiones del amor, con las heridas que causa un matrimonio destrozado por la infidelidad y, más aun, al quedar viuda con solo 27 años y sin poder recordar a su marido con cariño, producto de todo el daño que le causó antes de morir.

Su aprendizaje de la vida fue duro y cruel, lejos de la historia de amor y de príncipes azules que en algún momento creyó vivir. Comprendió que para todo había que sacrificar algo; nada fue ni sería creíble, solo ella misma y sus convicciones, entre las cuales vivir sin el amor de una pareja era definitivo.

La vida la hizo crecer a golpes muy fuertes. Sus hijos la mantenían con fuerza y motivación. Cada uno de esos cuatro pequeños rostros, que la esperaban cada noche, le permitían existir y vivir solo para ellos, que cada trasnoche, trabajando horas extras, valiera la pena, que cada noche en vela cosiendo algún vestido o restaurando alguna prenda rota para que sus chiquillos anduvieran bien vestidos y abrigados fuera recompensado con la alegría de sus caritas cuando lucían un nuevo atuendo confeccionado por sus propias manos.

Cada herida que aparecía en sus piernas cobraba sentido y era soportable por el solo motivo de sostener a sus niños. Las vendas en sus piernas todos los días daban cuenta del sacrificio y del dolor que tuvo que soportar; pero, a pesar de ello, nunca se quejó ante nadie. A solas cada noche, cuando los niños ya dormían, curaba sus heridas y las limpiaba con las lágrimas que brotaban solas de sus ojos al sentir la soledad y la gran responsabilidad que tenía por delante. No podía flaquear, debía tragar su llanto, ocultar sus heridas y seguir.

A pesar de su silencio y reserva respecto de sus miedos y de su cansancio, todos quienes la rodeaban veían en ella a una gran mujer, ganándose el respeto y admiración de todos.

Mantenía una vida solitaria, sin muchos amigos, salvo sus compañeros. Del trabajo a la casa y nada más. En las noches atendía a sus hijos, dormía y despertaba a un nuevo día de labor. No sabía de diversión, ni de distracciones. De vez en cuando algún familiar la visitaba, siendo la visita más esperada por ella su hermanastra María Isabel, hija mayor de la esposa de su padre, Elena, con quien Melanio tuvo dos hijos legítimos del matrimonio: Juan y Gertrudis Medina, a quienes veía en forma muy esporádica.

María Isabel se convirtió en una verdadera hermana menor, muy querida, por su valiosa compañía y apoyo en momentos tan difíciles, como lo fue la muerte de Mario. Estas medias hermanas se apoyaron mutuamente y se quisieron tanto como si hubiesen nacido del mismo vientre.

A pesar de la distancia y una vida de ausencia, Melania siempre mantuvo presente su ayuda y atención a las necesidades de su padre y de su familia, quien se había establecido en Chillán. Este destino y Ñipas, el pueblo de su marido, eran habituales durante las vacaciones de los niños. En este lugar, rodeado de ríos y viñas, pasaban también sus vacaciones los hermanos Lavanderos, en casa de sus tíos y primos. Mientras ellos disfrutaban de tardes de río y juegos con arena, al cuidado de sus tías Palmira y Sara Lavanderos, Melania trabajaba en Santiago, reuniéndose con ellos al finalizar el verano. Su tiempo, su vida, estaba organizado de tal manera para que funcionara en beneficio de sus hijos y de sus obligaciones.

Los niños fueron creciendo, viendo en su madre la guía de este núcleo, quienes, a pesar de su inocencia y de su corta edad, sabían que solo se tenían entre ellos mismos. Casi sin el recuerdo de su padre, con la imagen de una mamá siempre ausente y de una hermana que la reemplazaba, vivían tranquilos y sin necesidades. No obstante, también sabían que no podían esperar demasiadas jornadas de cariños y de caricias. Era casi una quimera, solo cuando alguno de ellos se enfermaba tenía la posibilidad de dormir con mamá y sentir ese calor inconfundible que emanaba de su cuerpo. Es por este motivo que el más mínimo síntoma de alguna posible dolencia era recibido por los niños casi con alegría, sabiendo que sería la ocasión para disfrutar de algunas noches con ell calor y la compañía de su madre.

Todo este tiempo transcurrió entre labores, añoranzas de tiempos pasados, entre resentimientos, dolores de conversión personal hacia una vida con propósitos claros. Eran cuatro niños dependientes en todos los sentidos de ella, de su esfuerzo, de su entrega, contando solo con la ayuda de una niña de tan solo nueve años que, en su reemplazo, creció, lamentablemente, muy rápido, su hija mayor, Beatriz. Pero nada de eso debía impedir que siguiera en su búsqueda por cumplir su cometido; hacer felices a sus hijos.

Tanto sacrificio tuvo recompensas. Melania, una vez más, reconocida por su protector de toda la vida, Eugenio Heiremans, no le regaló nada, pero sí le enseñó a ganarse vida, reconociendo sus logros y brindándole las oportunidades que se supo ganar, con dedicación, sudor, con mucha gratitud y lealtad. La vida le había dado valiosas experiencias que la ayudaron a crecer. Le había dado unos hijos por quienes luchar, mucha capacidad para aprender y para ganarle a la adversidad, y le puso personas en su camino que la supieron valorar y reconocer, razón por la cual, ya cercana a sus cuatro décadas, era ya una gran persona y profesional.

El señor Heiremans dejó la dirección de SOCOMETAL, compañía donde hasta ese momento Melania trabajaba como jefa del casino de empleados y en donde vivía al interior de la fábrica. Para el señor Heiremans era tiempo de tomar la presidencia y de contribuir en la fundación de la primera mutualidad chilena, creada para administrar una institución que previniera y se hiciera cargo de los accidentes y enfermedades ocasionadas por el trabajo, principalmente los producidos en las industrias. Este tipo de protección se hizo necesaria, ya que durante la primera mitad del siglo pasado y ya aproximados los setenta los accidentes y las enfermedades laborales dejaban a los trabajadores con incapacidades permanentes, que les impedían seguir trabajando, generando un grave problema social, que se acrecentaba año tras año, conforme crecía la economía y la industria en Chile, problema del cual nadie se hacía cargo.

Esta fue la motivación que tuvo este visionario empresario, dando inicio a la gestión de la Asociación Chilena de Seguridad, primer sistema de mutualidad creado en Chile. Esta nueva institución permitió generar nuevas fuentes de trabajo y especializaciones. Este emprendimiento requirió también de una nueva camada de profesionales, especializados en aspectos de prevención de accidentes laborales, es decir, fue una institución que les permitió hacer carrera a muchas personas, que, sin saber mucho al respecto, dieron vida a este organismo con mucha dedicación y profesionalismo.

Es aquí donde también Melania tuvo una nueva oportunidad laboral: se le ofreció el cargo de maestra de cocina de la presidencia. Este ofrecimiento venía cargado de nuevos desafíos: debía hacerse cargo de poner en marcha la cocina de la autoridad máxima de esta importante empresa y complacer, a través de sus preparaciones, a los ilustres invitados del señor Heiremans. La tarea no era fácil, ya que estos almuerzos contaban con la presencia de destacadas personalidades nacionales e internacionales, como empresarios y políticos, cuya impresión de esta asociación debía ser impecable, ya que su aporte era de vital importancia para el éxito del proyecto. El apoyo financiero de empresarios y la creación de una legislación para dar vida a este nuevo proyecto social y laboral eran la motivación que don Eugenio Heiremans tenía al reunir a ilustres e influyentes comensales alrededor de una mesa.

En consecuencia, una empresa estaba comenzando y su continuidad dependía en gran medida de la convicción que su presidencia demostrara ante sus impulsores y colaboradores, pero también dependía, y no en menor medida, de la dedicación y cariño en las preparaciones de cada jornada, más aun si se consideraba que, en torno a esta mesa, se llevaban a cabo importantes reuniones donde se ponían en marcha proyectos y se tomaban relevantes decisiones. Melania ponía en cada almuerzo toda su dedicación y profesionalismo.

Una vez más la oportunidad no fue desechada. El señor Heiremans recibía reconocimientos por la dedicación demostrada hacia sus invitados, principalmente por los exquisitos almuerzos ofrecidos. Él, sin vacilar, extendía estos reconocimientos a su maestra de cocina, en ocasiones incluso algunos comensales más osados se acercaban a la cocina para felicitar personalmente a la mujer que los había deleitado con deliciosos platillos.

En su lujosa cocina, ella era dueña y señora. Solo con algunas sugerencias del mismo presidente de la compañía para su próximo almuerzo y con los recordados consejos culinarios entregados por su expatrona, su querida señora Lucienne Despouy, cuando aún no sabía nada de comida fina, solo de porotos con chicharrones de cerdo, del mote, del trigo tostado en la callana y de las ollas de greda calentadas al fogón.

CAPÍTULO 10

NO HAY PROMESA QUE NO SE CUMPLA...

La salida de SOCOMETAL, a causa de su nuevo empleo, aunque no implicó una exigencia de parte de los nuevos dueños de la fábrica, hizo que Melania tomara la decisión de dejar la casita al interior de esta, donde había criado a sus niños, donde había nacido su última hija, donde tuvo la oportunidad de vivir gratuitamente durante los últimos 9 años.

Ella consideró necesaria la salida de esta casa dado que ya no trabajaba en SOCOMETAL, por lo que su sentido de la responsabilidad la obligó a tomar esa decisión. Por otra parte, no tendría la posibilidad de tener a sus hijos cerca durante las tardes luego de que estos llegaran de su escuela, en consecuencia, no quería abusar de la buena disposición de las personas que se hicieron cargo de la empresa.

Dejó finalmente la casa, con la tristeza de todos quienes la conocieron y vieron crecer a estos niños que jugaban entre fierros y vagones. Pero era necesario. Arrendó una pieza, cercana a su nuevo trabajo. Si bien su salario había aumentado, siempre tuvo como consigna ahorrar para su futura casita. «Ahorra, niña, guarda tu platita. Haz cuenta de que si ganas 50, solo recibes 40 y guarda 10 para tu futuro» le aconsejaba su patrón, como si se tratara de una hija y a quien ella, por su parte, le obedecía con ciega gratitud y convicción.

Así lo hizo: cada pago era destinado para los gastos necesarios, alimentos, educación y ropa para sus hijos, nada de gastos extras. En ella casi nada invertía; eran cuatro chiquillos. No le interesaban los trapos nuevos: «Si es necesario andar parchada y usar las mismas pilchas de siempre, lo hago no más, pero algún día les daré un techo propio a mis hijos y no tendré que mirar caras a nadie nunca más» decía con convicción.

En su nuevo hogar, nada faltaba e incluso recibía visitas en forma esporádica, como su hermanastra María Isabel, familiares de su difunto marido, su padre, amistades.

Un día llegó a su puerta una visita para nada prevista, que logró sorprenderla y conmoverla: Ricardo, su primo lejano, coterráneo, procedente desde su querido Ninhue. Hijo mayor de su tía Berta, chiquillo que había cuidado durante las jornadas de trabajo de su madre y a quien había prometido ir a buscar cuando tuviera edad para salir de casa hacia la capital y quien la cortejó, tan inocentemente cada tarde durante sus últimas vacaciones en casa de su Taita —quien había fallecido—, cuando aún era una joven sin hijos y sin experiencia. Lamentablemente se enteró muy tardíamente de su muerte, no teniendo posibilidad de despedirse de su querido viejo. Una pena más en su vida que nunca se perdonó, se dejó llevar por sus problemas, por sus historias y se olvidó de una las partes más importantes de su vida, de su corazón, de quien la crio y le dio la versión más fidedigna de amor que había recibido en su vida.

Todo esto le trajo a su mente la imagen de Ricardo en su puerta:

—Hola, chiquillo, tanto tiempo. ¿Qué haces aquí, sin avisarme que venías? ¿Tu mamá sabe que andas por acá? —preguntó Melania, con asombro, felicidad y preocupación al verlo tan desvalido en apariencia, frágil, mal vestido, con admiración y miedo en sus ojos.

El joven estaba con un nudo en el estómago y casi sin poder hablar. Ante él, la hermosa mujer que siempre quiso en silencio, que siempre admiró y con quien soñaba volver a reencontrarse, estaba ahí convertida en una mujer, con más años encima, ya no tan fresca como la última vez que la vio, sin duda a causa del trabajo y de los golpes de la vida, de los cuales él se había enterado a medias, pero que sin duda su Melania seguía siendo hermosa, su piel blanca y cabello negro, siempre corto, pero hermoso, los mismos ojos negros intensos, que revelaban a una mujer con seguridad y carácter, cualidades que habían sido muy útiles y cultivadas para sobrellevar todo lo que la vida le había puesto por delante, pero no por ello menos dulces, llena de ternura y transparencia. Todo aquello que lo había enamorado, a pesar de los años, no había cambiado y estaba nuevamente ahí, ante él. No pudo pronunciar ninguna palabra, solo mirarla.

Melania se percató del nerviosismo de Ricardo, lo cual comprendía perfectamente; le recordó la sensación de temor e inseguridad que tuvo cuando ella llegó a Santiago, mucho más joven que Ricardo, vulnerable y sin ninguna experiencia, ni protección.

Lo hizo pasar, le dio de comer, le preguntó por su tierra y su gente. Finalmente, Ricardo, más relajado y con el estómago lleno de comida y alegría, inició una conversación que se extendió durante toda la tarde. El tiempo no se sintió... tanto que recordar, tanto que compartir y contar. El joven la miraba, le hablaba, la admiraba. Entre su inocencia y falta de experiencia podía darse cuenta de la gran persona que tenía enfrente, no necesariamente por bienes materiales obtenidos o por el trabajo que ahora ejercía, sino por su enorme valor humano, por todo lo que había sobrellevado, por todo el coraje y entereza que había obtenido, lo cual se reflejaba en sus palabras, en su voz, al contarle cada etapa y episodio, casi una ficción para sus oídos, pero que la convertía ante él en una mujer aun más inalcanzable.

La visita, marcada por una amena y nostálgica conversación, no estuvo ausente de las miradas inquisitivas y curiosas de los niños, quienes no lograban conocer a este joven, de aspecto humilde y tímido, que tanta palabrería había sostenido con su madre. Poco a poco se fueron acercando sin integrarse a la conversa. Los niños no intervenían en los encuentros de adultos, norma inquebrantable y obedecida cabalmente por los más pequeños en esos años.

La visita llegó a su fin. Este reencuentro había quedado en la memoria y en el corazón de Ricardo, quien, lejos de pensar en volver algún día lejano, decidió volver muy a menudo a ver a su querida Melania y a acompañarla la mayor cantidad de tiempo posible.

Melania, por su parte, lo recibió con cariño, como un buen amigo, como un familiar al cual había que ayudar, así como a ella le tendieron la mano cuando llegó a Santiago.

Ricardo no contaba con un trabajo y sus hermanos, que ya se encontraban viviendo en la capital, estaban en las mismas condiciones, por lo que poco y nada podían hacer por él. Melania se encargó de conseguirle un empleo entre sus contactos, en la misma fábrica en donde ella trabajó y vivió. Su labor sería como ayudante de soldador, oficio en el que se especializaría en adelante.

Ya con un salario y con algo más de seguridad, habiendo iniciado una vida en la capital, sueño cumplido para él, decidió dar un paso más, tal vez el más importante en su vida: ya se sentía más digno de esta mujer que le quitaba el sueño desde su niñez y por la cual decidió dejar el campo para ir a buscarla a la ciudad y a quien logró encontrar gracias a María Isabel, la hermanastra tan querida de Melania, quien le indicó la dirección y lo alentó a buscarla: «Serás una buena compañía y apoyo para la pobre Mela, ella está sola luchando con sus chiquillos».

Con estas palabras en su mente y en su corazón y *valento-na'o* por su nueva situación, se fue a comprar un buen terno, zapatos bien lustrados, cabello engominado y harto perfume. Se presentó ante Melania, tomó aire e impostó la voz para dar el gran paso: «Hola, Melita, ¿cómo está? ¿Qué le parece mi pinta nueva? Primero que todo, quiero darle las gracias por su ayuda y apoyo... quiero decirle que gracias a usted soy lo que soy ahora. Ya no me siento tan guaso». Su voz temblaba, las manos sudorosas y su corazón que casi salía de su pecho. Por su parte, Melania, sin palabras, ante aquel Ricardo tan cambiado solo pudo mirarlo, escucharlo, sin entender el motivo de tanta palabrería y de tantos nervios, los cuales eran evidentes en este hombre.

—Lo que pasa Melita, es que yo... yo... la quiero mucho,... pero no solo como su pariente, sino que como algo más... harto más que eso... la verdad es que desde que era *cabro* que la admiro y si vine a Santiago fue pa' verla y pa' cuidarla. Con todo respeto, yo sé que usted no necesita que la cuiden, lo ha hecho solita durante todos estos años, sobre todo después de la muerte del *fina'o* Mario... y lo único que quiero es poder formar una familia con usted, o mejor dicho ser parte de su familia. Con todo respeto, ¿usted se casaría conmigo?

Melania, aún callada. Ricardo no la dejó pronunciar palabra. Producto de su ansiedad, no paró de hablar desde que inició su declaración. Solo trataba de asimilar lo que estaba escuchando y de manejar su impulso por salir corriendo y huir de esta nueva posibilidad de casorio, lo cual no formaba parte en absoluto de sus planes y menos considerando que sus hijos ya estaban más grandes, casi adolescentes, y seguramente no aprobarían un nuevo integrante en la familia, ni en la vida de su madre.

Como no pudo huir de la situación, se quedó paralizada y observando a este hombre, al cual había criado y lo había visto crecer como un mocoso, sin ningún tipo de aspiraciones, pero que ahora estaba ante ella, convertido en un hombre joven, bien vestido, independiente y queriendo ser su marido. Simplemente nunca lo había imaginado, menos aún tenía respuesta ante esta nueva sorpresa de la vida.

—Pero, hombre, por Dios, ¿qué me estás diciendo? Yo te vi crecer, eres como mi hermano menor. *¿Cómo se te ocurre que me voy a casar contigo*? Mis hijos no te conocen, tu familia no va a estar de acuerdo. Tengo cuatro chiquillos… ellos están primero que nada, y por sobre todo no quiero darles un padrastro a mis hijos. Espero que me entiendas. Si te recibí en mi casa y te ayudé a conseguir trabajo no fue con ninguna intención; solo quise ayudarte, como lo haría con cualquier persona que lo necesite y sobre todo tú, que te conozco de toda la vida. Pero nada más. Por favor, no te ofendas, pero nunca he pensado en volver a casarme.

Su corazón se detuvo y su respiración también. La vergüenza y el dolor eran muy intensos. Ricardo solo quiso desaparecer y no haber pronunciado jamás estas palabras, que al parecer habían ofendido tanto a su Melania.

—Mire, usted, si la hice sentir mal o le falté el respeto de alguna manera, le pido mil disculpas. Jamás fue mi intención, solo le hablé desde mi corazón y por las ganas que tenía de decirle todo esto desde que era un mocoso. Créame que la quiero y que nunca le haría daño… pero respeto su decisión y no volveré a molestarla. A menos que usted quiera pensarlo, aunque sea eso, solo piénselo, por favor… —respondió el joven con el corazón apretado y con la vergüenza que lo embargaba como nunca antes.

Tomó su pinta de galán, especialmente preparada para la ocasión, y se fue apenado, pero con la convicción de haber hablado con la verdad y de haber sacado todo ese montón de sensaciones y sentimientos que guardaba desde que era un niño y que lo instó a ir en busca de sus sueños. Por lo menos uno de ellos había intentado convertirlo en realidad y ahora todo estaba en manos del destino. Por su parte Melania, a medida que pasaban los días, no dejaba de pensar en la imagen de Ricardo frente a ella, declarando sus intenciones y sentimientos, tan elegante y con tanta convicción en sus palabras, que lo alejaba absolutamente del Ricardo que llegó por primera vez a su casa, tímido, flaco, mal vestido y con un semblante de niño temeroso.

Hacía mucho tiempo no había escuchado palabras tan sinceras, no había visto a un hombre acercarse con tanto respeto hacia ella, sin intención de ganarse a sus hijos, solo para después conseguir a la madre… totalmente desinteresada, solo con sentimientos por delante, sin ningún tipo de ego, donde todas las palabras hablaban solo de ella y de las ganas de estar a su lado sinceramente.

No quiso hablar con los niños y no pensó más en esta propuesta, solo continuó su vida y sus días ahora con una nueva motivación: tener su casa propia, la que tanto había anhelado. Quería darles una felicidad a sus hijos. Era este presente su máxima aspiración.

Don Óscar Heiremans, padre de su actual patrón, quien fundó la maestranza de SOCOMETAL, siempre visionario y preocupado por sus trabajadores, había formado una cooperativa mientras presidía la empresa que permitió que los empleados pudieran ahorrar para su casa propia, ya que él se encargó de construir casas para ellos, las cuales serían financiadas tanto por la empresa como por la masa trabajadora. Esta nueva cooperativa de viviendas llevaría el nombre de su fundador, Óscar Heiremans. Melania no dudó en ser parte de esta oportunidad y ahorró peso a peso, aunque no fue demasiado lo que pudo reunir, considerando el costo de alimentar, educar y vestir a sus cuatro hijos, lo que le impedía un ahorro suficiente para comprar su casa propia. No obstante, cada mes ahorraba algo, con mucho sacrificio, pero con toda la esperanza puesta en ese dinero.

Poco a poco y la esperanza no cesaba. Todos sus excompañeros de SOCOMETAL la instaban a seguir juntando peso a peso para que por fin esta mujer consiguiera un lugar propio, para ella y para sus hijos. De alguna manera todos los que la conocían sabían la importancia que tenía este sueño para ella, por lo que todos esperaban que pudiera conseguirlo.

Llegó el día en que el dinero debía estar ya reunido para poder realizar la distribución de las casas. La construcción de la Cooperativa Óscar Heiremans se había iniciado y avanzaba muy rápidamente y su asignación se llevaría a cabo según las primeras familias que tuvieran reunido el dinero necesario. Lamentablemente Melania no había logrado reunirlo, por lo que su sueño estaba a punto de desvanecerse.

Pero siempre pasó algo en la vida de Melania, en los momentos más cruciales que la hicieron llorar, ya sea de felicidad o de tristeza, que la hicieron soñar, decepcionarse, que la hicieron crecer y poner a prueba su fuerza, que la hicieron reinventarse y volver a empezar y esta vez no fue la excepción. Pero ahora era tiempo de cosechar todo lo que había sembrado con esfuerzo y perseverancia, su casa nueva sería una realidad. Eugenio Heiremans, su patrón, en su papel de protector y mentor, entregó el dinero faltante y en la asignación de viviendas finalmente fue incluida la familia Lavanderos Medina.

En julio de 1969, Melania y sus hijos pudieron al fin llegar a su hogar. El sueño estaba ahí, ante ellos, solo había que disfrutar el momento. Melania sabía que la felicidad estaba hecha de estos instantes y todo lo sucedido fue necesario para poner sus pies en la casa que ahora era suya; ameritaba detenerse un momento a vivirlo intensamente.

Los niños, ya más crecidos y conscientes de lo que estaba pasando, corrían por todos lados, distribuyendo sus espacios e imaginando los juegos que podrían inventar, sin pensar en molestar a nadie. Era su casa y podían disfrutarla sin límites.

Todo estaba cobrando sentido, todo se veía con más claridad y siempre hubo un motivo por el cual seguir adelante. La casa nueva, como dice el Temucano, era una realidad, el hogar estaba formado y era un motivo por el cual seguir luchando.

La estabilidad estaba presente en su vida, reconocida en su trabajo y con la estabilidad que brinda un salario mensual. Era solo cosa de seguir y forjarse nuevas metas, ver a sus hijos convertirse en hombres y mujeres de bien. Era ahora su máxima aspiración. Pero aún era joven, tenía tiempo para conseguir muchas cosas, para seguir creciendo y disfrutando de sus logros.

No obstante, la vida le tenía preparada una nueva oportunidad, que no solo derivaba del trabajo o de los hijos o de conseguir nuevos bienes, ahora tenía relación con la mujer. Ricardo, sin cesar en el intento por conseguir un lugar en su vida, aguardó pacientemente y le dio el espacio que ella necesitaba para focalizarse en sus objetivos y no insistió más en su intención de matrimonio, ya que comprendió que había sido totalmente inesperado para ella. Él se había dejado llevar por su ansiedad y no consideró que Melania necesitaba tiempo para verlo como el hombre que ahora era y no como el mocoso del campo que no conocía nada de la vida.

Ahora estaba tranquila, estable y con sus hijos más crecidos, lo que significaba que ellos también serían conscientes de la decisión que podría tomar su madre respecto de rehacer su vida y darle una oportunidad al amor, lo que podría también significar una oportunidad para él y demostrarles a estos niños que sus intenciones eran acompañar y apoyar a esta mujer y que era un buen hombre.

Melania, por su parte, aun cuando había considerado descabellada la posibilidad de volver a casarse, pese a las múltiples propuestas que rechazó, siendo una de ellas la de Ricardo, no dejaba de recordar el momento en que se le declaró. Recordaba todo el esfuerzo que puso en esa petición, su ropa, evidentemente nueva, sus nervios, los que no pudo esconder, y la inocencia en sus palabras. Todo esto hizo que ese momento estuviera siempre en su memoria, tal vez porque pudo ver en este hombre algo diferente, algo de verdad, honesto y sin esperar nada, solo compartir su vida.

Nuevamente ante ella, un poco más tranquilo, ya no tenía nada que perder, ya lo habían rechazado antes, porque tal vez no era momento, tal vez ahora lo era y lo hizo.

—Melita, la felicito por su linda casa —le dijo, tímidamente—. Yo sabía que era su sueño... y lo consiguió sola.

Antes de que dijera otra palabra, Melania tomó sus manos y lo miró a los ojos, y con voz muy baja le dijo:

—Ricardo, eres un buen hombre, sano, sincero. Te conozco desde mocoso y sé que eres honesto. La verdad es que creo en tus sentimientos y tampoco quiero estar sola, no quiero que lleguen más hombres a mi vida, declarando amores supuestamente sinceros, pero que en el fondo sé que no son así. Además, no quiero que cualquiera venga a dárselas de padre de mis hijos. Necesito un respeto en mi casa… y pa' qué *más rodeos…* yo también te quiero, Ricardo, y si aún tu propuesta sigue en pie, acepto casarme contigo, y si mis hijos también te aceptan, nos casamos no más…

Ricardo no pudo creer lo que le estaba pasando. La mujer que había amado y admirado desde su niñez le estaba abriendo las puertas de su vida, de su familia y de un futuro juntos. No sabía cómo demostrar sus sentimientos, no sabía cómo evitar abalanzarse sobre ella y llenarla de besos. No debía hacerlo, estaban los niños, con cuya aprobación también debía contar. Estaban todos los años de espera y de soñar sin esperanzas, estaba el respeto que sentía hacia la mujer que tenía enfrente… respeto que se había ganado a pulso por todo lo que había logrado sola, sin contar más que con sus virtudes profesionales y personales, sin contar con nadie, porque siempre estuvo sola, pero con sus hijos que la impulsaron cada día, pero sola cada noche de desvelo y de trabajo hasta la madrugada.

No hubo mucho pololeo, ni románticas jornadas de cortejos, solo visitas más seguidas y planificaciones para el día del matrimonio. Los niños, no muy entusiasmados, sobre todo Mario, celoso y posesivo desde crío, no soportaba de buena forma que se le acercara otro *peuco* a su madre, pero en el fondo sabían que este hombre no era malo y que podría darle a su familia la imagen masculina que ellos consideraban necesaria.

No hubo anillo de compromiso, no eran necesarios estos menesteres, lo único necesario era la verdad, verdad que por tanto tiempo Melania buscó en un hombre, creyendo haberla encontrado en su primer marido, pero que lamentablemente, y de la peor manera, descubrió que nunca estuvo, tal vez al principio, pero que al final le dejó toda decepción y soledad que alguien puede ocasionar. No obstante, reconoció haberlo amado, a pesar de los buenos y muy malos momentos que vivió junto a él. Una misma persona le entregó toda la felicidad que había vivido hasta ese momento, pero también toda la desolación y dolor. No obstante, le dejó el mejor antídoto para soportarlo: sus hijos.

Los matrimonios de Melania no se caracterizaron por mucho festejo, más bien sobrios, sin mucha pompa ni invitados. En consecuencia, era claro que lo único importante era la unión que se gestaba. Ni la fiesta, ni el vestido, ni la comilona; nada, solo la felicidad y el compromiso que implicaba el matrimonio.

Así también se unieron Ricardo y Melania, aunque el matrimonio no escapó a algunos problemas a causa de la consanguinidad que existía entre los contrayentes. Hernández Medina, los apellidos del novio, Medina Hernández, los de la novia. Esta evidencia los mostraba como familia, con lazos sanguíneos, que no se podían esconder, lo cual no era permitido por la Iglesia y fue necesario demostrar que la consanguinidad era más bien lejana y contar con un permiso del arzobispado de Santiago para lograr el enlace religioso, que en esos años cobraba un valor significativo por sobre la unión civil.

Un integrante más en la familia y se iniciaba nuevamente un camino en pareja, pero por sobre todo, Melania ya no la llevaría sola su carga ni su vida. Nuevamente tenía un compañero con quien forjarse, con quien crear lazos de confianza, sin pensar en su historia pasada, solo viviendo otra etapa, con más experiencia, con más fuerza para enfrentar lo que viniera.

Sí tenía muy claro que a pesar de creer en alguien otra vez, nunca más volvería a someter sus sueños, su trabajo, sus hijos, su vida a un hombre. Nunca más volverían a mirarla hacia abajo. Entregaría en la medida en que recibiera. No iba a volver a sufrir, no por un hombre, no por amor. Era su casa, ella pondría las reglas, haría que la respetaran a ella y a sus hijos y sabía que Ricardo estaba dispuesto a todo ello, porque la quería y porque había logrado llegar a la cúspide de su vida. Tenía todo lo que quería, un trabajo, un hogar y la mujer más valiosa que había conocido.

Melania era aún una mujer joven de 36 años. Ricardo ocho años menor y con ganas de coronar su felicidad. La corona más apropiada sería un hijo o hija. «Melita, estamos juntos hace más de un año. Yo sé que usted tiene sus hijos y que le ha costado mucho criarlos sola y que no quiere saber nada de guaguas, pero ahora no está sola y nada me haría más feliz que ser padre de un hijo suyo... un *conchito* que nos acompañe pa' cuando seamos viejos. ¿Qué le parece?»

Así fue como un día 11 de mayo de 1972 nació una niña que llegó anticipadamente a la vida, en el mismo Hospital Salvador donde su madre años antes luchó por sobrevivir durante meses. Ocho meses de gestación tenía al nacer, pequeña, muy pequeña. «Si cabía en una caja de zapatos esta niñita... Ni la sentí cuando salió», recordaba Melania con cariño.

Casi se repitió la historia de la noche en que Melania nació, ya que Ricardo no estaba en casa cuando la niña ya daba señales de querer salir al mundo. La madre fue trasladada al hospital en una vieja furgoneta, donde cada salto del vehículo hacía más evidente la pronta llegada de la primogénita de Ricardo. Se repetía la historia, Melanio tampoco estuvo con su mujer cuando Melania llegaba al mundo, pero en fin, los hombres de campo tienden a repetir patrones, lo cual no necesariamente tiene relación con las circunstancias, sino más bien con un asunto de crianza y de cultura.

Finalmente, llegó Jacqueline Del Carmen Hernández Medina, como llamaron a la recién nacida. Jacqueline, por la admiración que su madre sentía por Jacqueline Onassis y Del Carmen, por la profunda veneración que Melania profesaba a la Virgen que llevaba ese nombre, llegó a coronar, de esta forma, la vida de su padre y a demostrar a su madre que la felicidad era posible, aún después de mucha penumbra, de mucha desolación, de pensar que nada podía ser peor... pero la felicidad llegó, siempre volvía, solo que en esta ocasión y producto de toda una enseñanza por lo vivido se disfrutaba y valoraba mucho más. La llegada de esta pequeña vino a demostrar precozmente que siempre hay un nuevo comienzo.

Todos en la casa nueva esperaban expectantes la llegada de la madre con su pequeña niña. Al bajar del taxi, vio a todos sus hijos reunidos, esperándola, con sus caritas llenas de ilusión, rememorando los tiempos en que llegaba desde su trabajo, extenuada en las noches, después de una larga jornada y sus niños la esperaban con ansias solo para compartir un momento con ella antes de irse a dormir. Esa misma sensación vino a su corazón al ver a sus cuatro niños reunidos y a su nuevo compañero, con la diferencia en que ahora no la esperaban solo a ella, sino a también a su hermana, que no compartía el mismo padre, pero que se gestó en el mismo vientre, por lo que sin duda traía consigo toda la fuerza, las ganas de vivir y de lucha de su madre. Por algo había salido antes a la luz... a la vida, sin soportar un instante más, para estar entre sus hermanos, que por cierto se sentían felices al ver a esta pequeña. El más feliz era Mario, al verla tan indefensa y sin poder describir sus sentimientos solo la tomó en sus brazos y corrió con la niña por toda la casa ante la mirada espantada de su madre, quien temía por la integridad de la recién nacida. Con lágrimas en sus ojos, al ver a su hijo con tal demostración de algarabía y amor hacia su hermanita recién llegada, le advirtió: «Ten cuidado, niño, no se te vaya a caer la guagua... que no es un muñeco». Pero Mario no escuchaba y solo luego de observarla y mimarla por algún rato se la devolvió a su madre.

De Ricardo, el primerizo padre, se sabía respecto de su nerviosismo al ver a su hija: «Me dan nervios tomarla; le puedo hacer algo a la niña, la puedo dañar... solo hasta cuando sea más grandecita y no tan flaquita», pero en su corazón estallaba un relámpago de alegría, era su hija, solo de él y de su querida Melita. Todo estaba cumplido, ya podía disfrutar de los regalos que la vida le había ofrecido. No podía pedir nada más, solo trabajar y luchar por su familia y por ser el mejor padre para su niña y un mejor esposo para ella y llegar al corazón de estos niños que tan duramente habían crecido.

Es increíble cómo se gestan las historias, cómo los momentos se van entrelazando unos con otros, cómo cada instante, cada lágrima, cada carcajada, cada beso, cada enfermedad, en fin, cada angustia vivida y superada logran formar un relato que tiene un sentido en cada palabra, porque construye una guía para enseñar a quien las vive en primera persona y, por qué no, a quienes conocen la historia desde afuera y logran visualizar su propia historia en ella, aprendiendo y creciendo a través de su misma vida y también de otra historia ajena.

Melania nació, creció, se desarrolló y se arrulló finalmente en sus propios logros, en su propia historia. Tuvo ilusiones y sueños, creció entre ellos, sintiendo que les eran inalcanzables, se forjó para lograrlos con sacrificios, sufrimientos, llantos, alegrías y decepciones, tal vez las más crueles que una persona pueda soportar. Fue calumniada, engañada, asesinaron sus sueños y su inocencia, pero siguió, porque le quedaban fuerzas para levantarse y con más sueños que perseguir. Solo después de cada golpe conocía de mejor manera cómo levantarse y defenderse de uno nuevo, que sin duda podría volver a dañarla… pero ¿era realmente un daño en sí mismo, o era una lección nueva para alcanzar lo que le esperaba?

Lo que la esperaba era vivir cada etapa en una forma muy diferente al resto. Todo para Melania fue exacerbado por la inocencia que le dio su vida simple, llena de naturaleza, de animales y de amor, el mismo por el cual luchó, el mismo que la hizo tan feliz y tan infeliz a la misma vez.

Melania y Ricardo hoy viven tranquilos su vejez, el otoño de sus vidas, en su casa, ya no tan nueva. Yo, Jacqueline Hernández Medina, su hija menor, el Conchito, como siempre me nombraron, crecí orgullosa de mi madre y de mi padre, inspirada en su historia e imaginando cómo vivieron cada etapa, cómo la sintieron realmente, cómo sobrellevaron cada pena y cada frustración. Imaginando cada personaje que aparecía en las historias narradas insistentemente durante las tardes de invierno o cada vez que de niña visitaba «la tierra que la vio nacer», como se refería mi padre a El Rincón de Ninhue, donde aún están los mismos cerros, los mismos árboles, las mismas casas de adobe, ya deterioradas por los años. La historia sigue viva, más viva que nunca, hoy que al fin puedo narrarla, inspirada siempre en el olor del campo y en la belleza de su gente y de sus paisajes… los que siempre vivirán en nuestra mente y en nuestro corazón, porque es la tierra que vio nacer a la mujer que más admiro, que más amo y también al hombre que más valoro, Melania y Ricardo, a los que no imagino sin su historia en *La tierra que los vio nacer*.

Termino esta narración con el corazón lleno de amor y de orgullo. El mismo día que hacen 48 años vine al mundo. Hoy, 11 de mayo de 2020, se inicia la inmortalidad de la historia que soñé con narrar toda mi vida, la historia de mis padres.

Santiago 11 de mayo de 2020, 21:39 minutos de la noche.

Agradecimientos

Es tanto lo que viene a mi memoria cuando pienso en agradecer a quienes colaboraron de alguna manera al iniciar este viaje, que solo quisiera alargar mis brazos y abrigarlos a todos en un sentido abrazo y decirles gracias. Pero solo puedo utilizar estas breves líneas para hacerlo.

Agradezco a quien un día me dijo: «Creo que tienes talento al expresar a través de las letras lo que sientes y piensas». Creo que en ese momento comencé a gestar de verdad en mi mente la intención de iniciar esta historia. Gracias por creer en mí.

Agradezco a mi familia, que apoyaron este proyecto desde su inicio, prestando oídos a cada nuevo párrafo que surgía, aun cuando en ocasiones no tenían ganas de escuchar, pero siempre se mostraron dispuestos. Gracias por su disposición.

Agradezco a mi pequeña hija por su paciencia, cuando durante tardes enteras no le prestaba atención por estar sumida en las líneas de esta historia.

Gracias a mi padre, por su entusiasmo y por la fe que depositó en mí, en todos los proyectos que he emprendido en mi vida y muy especialmente en la creación de estas líneas, que tengo la certeza lo llenarán de recuerdos y de alegrías.

Finalmente, y muy especialmente, a mi madre, quien a pesar de sus años y de sus problemas de memoria, producto de su avanzada edad, se sentaba conmigo para aclarar gustosa algunos importantes detalles de las tantas historias que se relatan en este trabajo. Gracias y mil gracias le doy a ella por entregarme con tanto amor cada línea de este libro, cada sentimiento, cada lágrima en sus relatos, y por darme lo más importante: el ejemplo más maravilloso de vida y empuje, por ser mi madre, por estar ahí para mí y para todos quienes la aman.